U0572508

石田先生集

[明] 沈周 撰

上册

文物出版社

圖書在版編目（CIP）數據

石田先生集 / (明) 沈周撰. -- 北京 : 文物出版社, 2020.9
（拾瑶叢書 / 鄧占平主編）
ISBN 978-7-5010-6429-8

Ⅰ. ①石… Ⅱ. ①沈… Ⅲ. ①古典詩歌 – 詩集 – 中國 – 明代 Ⅳ. ①I222.748

中國版本圖書館CIP數據核字(2019)第274523號

石田先生集 〔明〕沈周　撰

主　　編：鄧占平
策　　劃：尚論聰　楊麗麗
責任編輯：李縉雲　李子裔
責任印製：張　麗

出版發行：文物出版社有限公司
社　　址：北京市東直門内北小街2號樓
郵　　編：100007
網　　址：http://www.wenwu.com
郵　　箱：web@wenwu.com
經　　銷：新華書店
印　　刷：藝堂印刷（天津）有限公司
開　　本：710mm × 1000mm　1/16
印　　張：48
版　　次：2020年9月第1版
印　　次：2020年9月第1次印刷
書　　號：ISBN 978-7-5010-6429-8
定　　價：285.00圓（全二册）

前言

沈周（一四二七—一五〇九），字啓南，號石田，晚更號白石翁。世居蘇州府長洲縣（今蘇州市吴縣）之相城裏。其先輩多高節自持，無意進仕，惟以文雅著稱。沈周承其家風，尤特出其間，身居林壑而名傳朝野，風流文翰照映江左。

沈周爲明代藝文大家，詩文書畫，全才具美。啓吴門畫派，與文徵明、唐寅、仇英并稱明四家，時人評『繪事爲當代第一』。邊貢詩云『平生不識石田子，往往相逢畫圖裏』，正道出沈周生前身後，繪畫都被視作其一生成就之最著者。然沈周爲學淹通，悉資於詩。詩文之餘，乃游繪事。吴寬與沈周一生摯友，沈周生前出版詩稿，吴寬每多序跋，長惜其畫掩詩；沈周臨終日恰王鏊辭相歸，鏊乃置車馬而問病翁。此番情誼，見於沈周絶筆詩所記。王鏊爲作《墓志銘》，稱沈周『書過目即能默識，凡經傳子史百家，山經地志，醫方卜筮，稗官傳奇，下至浮屠老子，亦皆涉其要，掇其英華，發爲詩。……間作繪事』。他若文徵明、楊循吉等皆有相似語，固有以哉。

詩文書畫，皆沈周隨時感懷之寄寓興發，其實一也。而沈周詩與畫，壯歲晚年間皆歷一變：其詩，如祝允明《刻〈沈石田詩〉序》載：『昔命雲鴻（沈周子）持詩八編，倩爲簡次，皆公壯歲之作，純唐格也。後更自不足，卒老於宋，悉索舊編毁去。』其畫，如文徵明《題〈沈石田臨王叔明小景〉》：『自其少時，作畫已脱去家習，上師古人，有所模臨，輒亂真迹。然所爲率盈尺小景。至四十外，始拓爲大幅。粗株大葉，草草而成。雖天真爛發，而規度點染，不復向時精工矣。』詩畫之變，非謂巧合。與之相應，無論詩畫，技法趨於成熟，便自出機杼，别有心裁，煉作一自成方圓的寄懷之所。如文徵明憶『我家沈先生詩但不經意寫出，意象俱新，可謂妙絶』（何良俊《四友齋叢説》卷二十六）。而吴寬題跋石田畫乃有『我觀此畫雖率然，老氣勃勃生清妍』『意到自忘工不工』（《匏翁家藏集》卷十七）可知率意而爲，信筆所至，揮灑淋漓，自寫天趣，此沈周詩畫貫通處，即其人品、性情、學問養成之格韻，詩畫間實無可相掩。沈周身後百餘年，至萬曆間陳仁錫裒次沈周詩文，與其先陳道複集合刊，此亦旨趣所在。

沈周一生著述衆多，篇什宏富，然自顧不足，歷加删改，甚而悉索舊編弃去；兼晦莫示人，『藏於家，非遇知者，斂不自售』。是以石田詩文雖屢有裒輯，却各自短長，頗有增删。今存諸種，面貌各异，源流斷續，殊爲紛雜。第依時之先後，簡叙今存并已佚版本之要者，以清眉目，而稍詳於本書所影印之《石田先生集》。

第一，成化九年（一四七三）前後，沈周當有編次《石田稿》之舉。此稿所録尚壯年舊作，後欲有所毁删。早佚，亦未知果刊行否，僅可自前人題跋筆記尋繹其端：

如沈周子雲鴻曾持稿向祝允明請行編次，稿内俱壯歲唐格詩作。後因『更自不足，卒老於宋，悉索舊編毁去』。此事祝允明《懷星堂集》曾記。而成化二十年童軒《〈石田稿〉序》：『（沈周）出其《石田稿》一帙，屬予爲序。……且今十年矣。』弘治十三年吴寬《〈石田稿〉序》：『予少居鄉，亦喜爲詩，辱相倡和……其子雲鴻乃欲得予序其《石田稿》者。』正德元年李東陽《書〈沈石田詩稿〉後》言及『初，文定以寫本一帙視予，欲有所叙述。……忽忽三十餘年。』所指概同一事，推其時皆指成化九年前後。今存稿本《石田稿》自是歲始明確系年，然則前此不著年者，或舊作之删存。

第二，稿本《石田稿》不分卷。所録正統十四年（一四四九）至成化十九年

（一四八三），即沈周二十三至五十七歲間作品。是稿多删改迹，當曾作刊行底本。明季文徵明正氣堂、錢穀懸罄室遞藏，今歸中國國家圖書館。

第三，成化十九年刻《石田稿》，童軒序。今佚，惟序存弘治本《石田稿》。成化本付梓與稿本止年同在本年，且稿本與後之弘治本較具异文。然則沈周是年詩作『學把行藏逐歲編』，所指或即整理稿本，以行此刻。

第四，弘治十六年（一五〇三）集義堂刻《石田稿》三卷，今存。此刻爲縣學生黄淮輯録并跋，彭禮序。淮久從沈周游，得録其詩而鋟諸梓。是本爲今存沈周詩集最早刻本，凡九百餘首，僅百六十餘見諸稿本，餘者多成化十九年後稿本所不及，而壯年所作『純乎唐格』者更付闕如。

第五，正德元年（一五〇六）刻《石田稿》，李東陽序，今佚。序存《懷麓堂集》。

第六，弘治十七年（一五〇四）華珵刻《石田詩鈔》及正德間安國增刻本十卷。華氏原刻今佚，增刻本存殘卷，依詩文内容分别三十一類。

第七，萬曆四十三年（一六一五）陳仁錫刻《石田先生集》十一卷（即本書影印所據者）。陳仁錫（一五八一——一六三六），字明卿，號芝臺，長洲人。天啓二年（一六二二）進士，授編修，典誥敕，以忤魏忠賢落職披罪。此書爲陳道複（白陽）與沈周（石田）二先生別集合刻本，首簡有陳仁錫《合刻兩先生稿引》。道複爲陳仁錫先人，亦吴間名畫家，師從文徵明，門下聲譽極高。陳仁錫既刻白陽集，複思裒石田詩文共付棗梨，以二先生『詩格多以畫掩』者同。鄭振鐸曾并收二集，嘆爲雙璧。今《白陽稿》難見，而《石田集》乃影印於先生身後五百年。先生之運，我輩之幸。今存諸本多佚去《合刻引》，此本亦然。

此書卷前尚有錢允治序，叙是刻緣由及裒輯經過。錢允治爲錢穀子，父子皆好庋藏，相繼聚書，幾於充棟。上述稿本《石田稿》即曾庋其架。錢序爲陳元素手書上版。陳氏亦吴地書畫家，早負才名，一時名輩多與之往來，可見陳仁錫是刻之珍重。其通體字類松雪，固明嘉靖末至萬曆時期漸流行的軟體字精刻之典型。

陳仁錫輯刻《石田先生集》，係沈周歿後百餘年新編的首部詩文集。按體分類，輯詩凡一千三百餘首，涵括沈周早中晚各期作品，於今存諸刻中收詩最夥。據陳、錢二序，知爲陳仁錫『購《稿》』之餘，錢允治訪於故藏家謀廣而成。細查其文，以詩作編排順序言，同一詩體下，《石田先生集》多有契於稿本處；以各本异文异題言，《先生集》多依弘治本，而异乎稿本。而二本行格亦同，或非純然巧合，陳仁錫稱『購《稿》』者當係確指，《石田先生集》於前代《石田稿》多有參考；而錢序所謂『訪於故藏書家』者，極有可能包括乃父懸罄室舊藏沈周手稿。據實而論，《石田先生集》乃參衆本以集大成。就單一版本而言，最能反映沈周一生詩作之全貌。

第八，崇禎十七年瞿式耜刻《石田先生詩鈔》八卷，今存。是本晚出，收詩僅五百餘首，非以量取優，乃有所秉持，删汰而成。然尚有五分之一强不見於此前刻本，可稱搜逸有功。惟此部《詩鈔》旨在識一時之必選。其所删汰，『質近而俚俗』者，按沈周詩作間入俚詞讕言，近乎民間説唱。發乎天然，頹然自放，絶少文飾。此明中期吴地文化雅俗交彙之真實，亦沈周藝文觀念與風致性情之一面。

上述今存各本，稿本《石田集》相繼收録於《續修四庫全書》《中華再造善本》；正德增刻本《石田詩選》爲《文淵閣四庫全書》所據；而《石田先生詩鈔》自《四庫全書存目》《四部叢刊四編》乃爲易得。惟萬曆本與弘治本之廣布時日有待。

此次影印出版，所據乃北京師範大學圖書館藏陳仁錫編刻《石田先生集》十一卷，六册。本書雕版初付翁少麓梓行，翁氏係明末蘇吴間著名書商，所出版物多稱精善。師大藏本刷印之時，書版已易至龔太初手，亦同在金閶書林。是本首尾完備，書品上佳，版面潔凈，少漫漶不清，惟『五言古』『五言律二』『七言絶』中各缺一筒頁。展卷賞心悦目，於研究、賞鑒兩相宜。兹呈虎賁中郎之絶似，廣高閣束卷於案頭。所鬻者篇籍，可傳者文心。

北京師範大學圖書館　丁之涵

二〇一九年十二月

沈石田先生集序

長洲東鄉相城有沈氏自滕國時有諱良琢者大其家代有聞人傳至孟淵廷陳嗣初繼於家以教二子恒吉貞吉恒吉生石田先生先生集祖父之大成加之以宏才邃學淵識朗鑒叢蘩為文章郁〻霏〻又丗

擅丹青傾動一時無少長貴賤罔不向慕恐後然而畫多於詩也先生遺集一刻於成化甲辰鄱陽童太常軒為之序一刻於弘治癸亥安城彭中丞禮為之序一刻於正德丙寅同郡吳文定寬為之序互有去取且有淂失嗣後散佚漫漶莫有愛惜收

拾之者逮今萬曆中稍〻復知向慕欲付剞劂則不可多得矣陳孝廉明卿既刻其先白陽山人集復欲裒先生集而苦無善本不佞爲之訪於故藏書家稍獲一二於是按體分類都爲若干卷付書林翁氏嗟乎石田先生殁於正德己巳去今百餘年

丹青縑素在〻寶重所題詩詞至多今十不得三四遺者夥矣豈勝惜哉獨後人輒以先生學長慶為詩不知元白二集具在有入其閫奧者乎縱使為高為岑為李為杜自張其軍令高岑諸集具在有窺其藩籬者乎石田先生傳其家學蘊蓄洪鉅而

天姿駿逸自得為多且不事干謁逍遙雲水人來求我〻不求人若与今日較量不啻如段干披裘詎可容易訾毀哉近有妄男子謂詩不必師古人任性縱情率意矢口便成風雅便合元聲其言實駭俗耳實便俗情儌令一聽其旨決裂恣肆不知底

止即欲如長慶且不可得疇漢魏六朝初盛中晚耶大抵佛者苦梵網之密遁而為禪仙者苦金丹之難遁而為玄儒者苦經傳之博遁而為心學心學者即禪家之明心見性也夫詩小技也不博采漢魏烏能大其識不軌則初盛烏能矩其步區區闘

湊摟泊即指以為天地元聲在是吾不信也雖然人各異稟才各異品穠郁者鄙寂寥清澹者惡緜緲代〻人〻見不相遠矧長慶乎石田之集具在吾願後人盡心披抉勿以前說橫置胸中當必有默契灑然者若論其家學師模則請俟他日吾惧今

之奔走勢途乞書薦引者不悦也

萬曆乙卯秋閏八月鄉後學錢允治撰

陳元素書

石田先生集目録

五言古

夜登千人石
因楊君謙見和渡答一首
君謙又和復答　寄題金山
贈史癡翁　登妙高臺
送遠行　送汪廷冕重游遼陽
送蘇安道赴祝冬官惟真館
和陳惟寅先生姑蘇錢塘懷古韵五首

道上春草　詠庭前桂
枕頭曲　門前有垂楊
風吹枝上花　思遠
有所思　薄命妾
棄婦詞　王明妃
悲溺　留連山中薄暮返棹
送桑廷貢遊燕宕　登牛頭峰和陳永之韻
宿白馬磵　題畫
古木寒藤圖　速楊君謙石田記

大石狀　雨中看山寄楊君謙
春草　吳宮諭觀治園和韻
生辰　北寺水閣
中秋宴客
除夕與韓克贍蘇安道守歲
臥雲窩　聽泉
圖錢氏沁雪石　莊仲咸家山圖
元祐黨人碑　淂友人書
正月四日喜許氏女淂甥

謝李貞菴惠蘭　走筆留客
遇李生　送許貞蕤
冬至日得韓宿田書
十一月十七日盛仲規乃子乾旋見過
十一月廿三日入城會陳育菴
載和陽君謙韵　費元詩
爲越公重題舊作山水圖
星墜　留題拂水厓真公房
文宗儒在告　對春雨

戲人短視　送朱性甫遊西湖
潤色舊臨倪雲林小景
咏齋中黃菊　心耕爲陸宗博賦
食蟶　盜䕸
題畫
三月九日舟泊虞山下見遊人績績于榭蕤
間可愛而賦　七星檜
壽萱爲邵國賢賦
雪夜玄談爲楊君謙謝慶壽僧

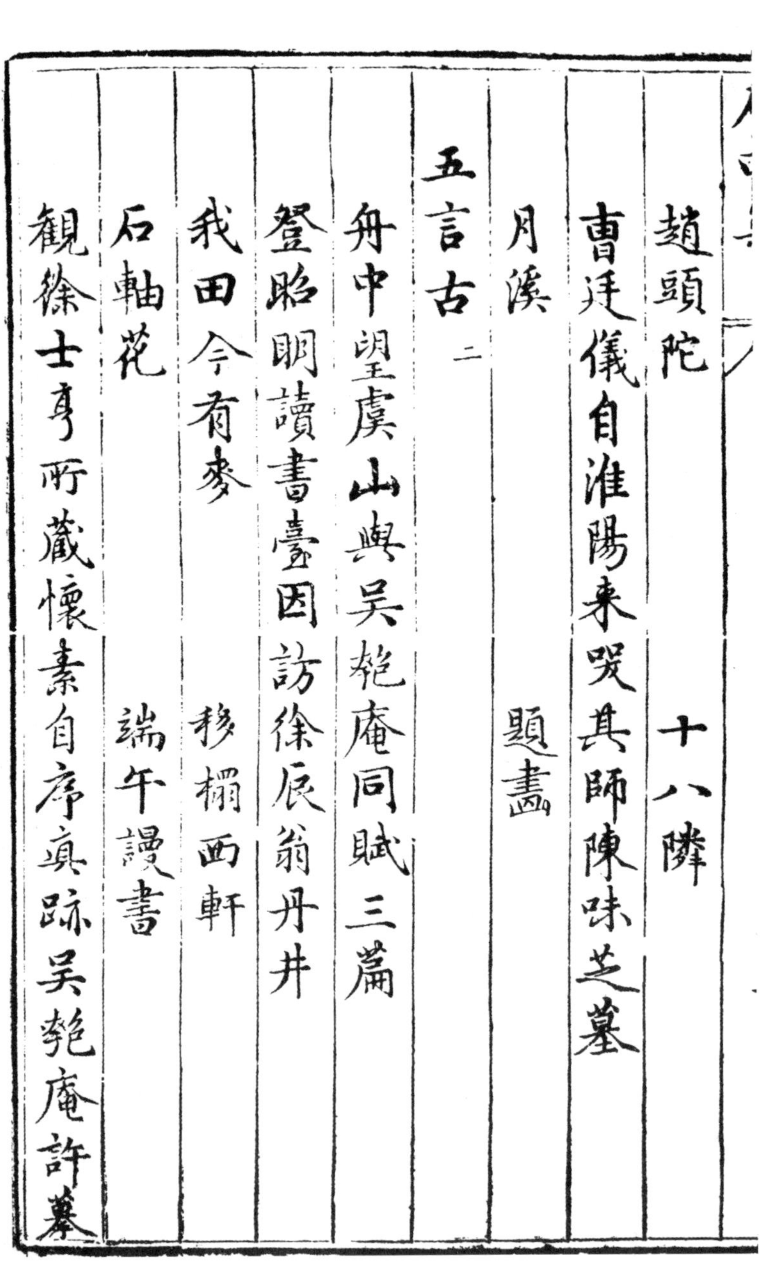

趙頭陀　十八隣

曺廷儀自淮陽來哭其師陳味芝墓

月溪　題畫

五言古　二

舟中望虞山與吴匏庵同賦三篇

登貽暉讀書臺因訪徐辰翁丹井

我田今有麥　移榴西軒

石軸花　端午讀書

觀徐士亨所藏懷素自序真跡吴匏庵許摹

寄遠之　嘲雨
謝項郎中文祥寄笋脯
荅明公送椿芽　過長蕩
別爻　湖上襍言
和西厓閣老止詩〻韻
溪館小集　齒搖
田家詠二首　廿五夜戀歲二首
感興　貧富吟
方水雲過竹居　別岩天道院

題梅贈叟　擬一日渡一日

擬昨日一花開　君子堂讌集分得上字

齋居讌坐

白節頌武種荔核成樹有感

碧梧蒼梧之軒　紀姚給事歸葬

咏費彥傑還敘事　雜草行

吴俗火葬　閒居四時吟四首

送周文襄公乃孫廷罷以畫像驗塑還吉水

脫齒行　庭前有踈竹

方道士還治城　周節婦孝感
送歲詞　弘治改元〻旦遇雨
黃應龍失去思陵勅岳飛殺賊手詔
憫禾　香谷為蘭公賦
西山送葬　人日喜晴
崔孝婦　生朝
祝惟禎悅親樓　補屋篇
題吳瑞卿臨王叔明太白山圖
聽玉為程元道賦　畊樂

和文太僕宗儒留別韻
冷庵爲陳憲副粹之作
泛舟横大江　贈陸汝器
自甲浦道太湖四十里見吳香諸山喜而有作　悼劉協中

七言古

中秋賞月與浦汝正諸君同賦
春帰曲　留客守歲歌
經尚湖望虞山　題沈履德遊湖襍咏巻

暑中寫雪圖
暮投承天習靜房與老僧夜酌復和清虛堂韻一首　慶樂園
除夕歌示子姪　泊百花洲效岑參
和張光弼歌風臺韻
莫砟銅雀硯歌　題中興頌石刻後
和桑通判予文之山歌
光福　烈女死篇
烈女生篇　胡婦殺虎圖

分得清白遺後壽曹時中憲副

畫松壽大司馬三原

鸛打雉贈陶將軍　留蘇安道

謝宋尒奉惠壽木　送諸立夫歸錢塘

用清虛堂韵送毅庵少宰服闋還京

送薛堯卿湯遊言登泰山謁孔林而迤邐求

仙海上　雪樵題金山僧惠鑑

送劉國賓　王理之寫六十小像

看花吟勸陳世則酒

用岑嘉州九日酬楊少府韻送姚存道
題畫
題杜原先生雨景
漁舟晚釣圖
題画卷
題畫用東坡休字詩韻
為豁庵臨秋山晴靄卷
梅花道人臨東坡風篠
徐氏雪山圖
為王揮使畫牡丹
吴都閶松幅
吴瑞卿潑墨牡丹
画松
題畫寄楊提學應寧

割稲　塊庵陳太常南軒牡丹
西山有虎行　送帰燕
王将軍樓船歌　覧鏡詞
烏藤杖歌　睛紡詞
盒子會辭　迎新送舊曲
壯邨行　長干行
將進酒　煑石歌
庚廖歌　三五七言
揀瓜詞時提學公黜諸生貌寢者

梅雪圖戲陳廷璧　騎牛圖
爲鄞揔戎題長江萬里圖
松卷爲德韞弟作　王理之臨鳳頭驄
雪景山水　五十疋馬圖
題松卷　題張翬畫
題子昂重江疊嶂卷
試眸歌題趙魏公畫
桃源圖　朱澤民山水
隋宮圖　題馬圖和驄馬行韻

題林和靖手帖用東坡韻

古折梅歌

竹堂寺與李敬敷楊啟同觀梅

慶雲牡丹　慶雲庵月下觀杏花

題牡丹圖　挽黃節婦

五言排律

傁壽堂為周太僕父母題

世恩堂為侍御題　草庭

和天全公秋日山徑詩韻

陪天全公宿鄧尉山次馬抑之韻
和吴元博對雪二十韻
謝徐德美愈懲南疾
青雲㕘軹送夏上舍德輝之京
仙桂堂爲周民表進士賦
烟霞洞
送袁德瑞還吉水兼簡其兄德淳
立春夜小宴趙氏客樓鳴玉出西曹送别卷
因次王秋官元勳韻留别鳴玉云

九月廿二夜坐水喜魏公美父子見過遂與
周宗道三人燈下聯句
紫陽庵聯句　挽趙孝子

七言排律

冢君木石小景爲劉完庵季子中欲奪周愛
而莫劉然終不能過也因賦而歸之
東園　飛來峰
送伍縣　市隱
分得中字送五侯述職十二韻

成化十六年五月二十五日陳啟東震陳成
美九韶泊沈周三人小燕亭溪樓清暑有
風遊目有景因念出處之不同離合之難
必於是作聯句十二韻用紀一日之樂周
遂倡曰

五言律一

苦雨寄城中諸友二首

十月二十八日早自城回

溪上獨坐　過友人澤居

喜蔡氏兩通判致政爲題杏花書屋圖
金山寺吉公房小酌
黄道士醉死　登姑蘇臺
病懷　晚步
晚出過鄰家小酌　盧以和生同歲月日時
雙壽爲錢時用賦　清溪小隱
與張東海別　送程宮諭
經故人墓　題李太白像
送張旻山題和靖二帖

龕梅　樹下獨坐
人影　咏醉翁床
別正信山居
賀陸惟敬遷居蕉東沈廷佐
題王舍人贈尤大參兄弟竹枝
螢火　賀禰公生辰
讀文山指南錄　白髮
劉生　王昭君
題鑑長老影堂　問王汝和病

七夕偶書

仲冬七日與陳育庵别後聞其阻雨崇福庵

寄此栻田

寄周宗道

贈孫二叔善

和陳大恭宗理韻題魏公美小景

過友人别業

寄久客

過方氏山居

送陳允德婺源訪舊

繼南執役

征兩廣

過松陵感舊

雨中即事

和張午靜見投韻
春日小雨歸自邢都憲書院
客中雪夜　除夜送客
和韻周伯𦇧先生桐村小隱三首
重到松江
復陪天全遊海覺菴次韻
遣病寄南二首　壽周宗道客中初度
聽雨有感
夜泊南濠約劉完菴不至

参寥泉

上天竺

中天竺有住山祐天吉

下天竺

龍井

伯顔遺像

家伯入環修静業

終慕

長至口占

贈别嚴公素

送程教授還南昌

謝松江王廷規愈許氏甥

與張二話舊

李中舍祖席送余進士朝京

贈施奐伯
補為劉完菴風舟圖因和天全公韻
雪中送許堦禎還東崐
用陸古狂韻復送許禎
題梅花和尚之塔　拾遺帝感繼南手書
雨思二首　訪朙公
方水雲見和隨筆又復一首
與彭志劉話舊　冬至生旦
丙申歲旦　寄松江王公佩

送胡訓導丁憂　題畫贈張工部企翱

和陳允德韵就題所贈王元勲韵

戲陳廷闢角巾失水

陪呂府倅華節推九日登始蘇臺次韵二首

寄徐竹軒以道　九月桃花

與陳味芝先生同發松陵予追莫及賦此以

寄　送何山人還南昌

將有壯行

元旦後一日劉德儀送酒

雨中過楊城湖
遊海覺追憶徐劉二公
送張汝弼出守南安
秋林書屋　虎丘尋簡公不遇
苦雨　獨閒爲湖州嚴仲端賦
處閒爲福菴津公題
毘陵晚眺爲趙中鎮作
散步杏花下　宿覺海庵
經德丘追憶先祖亡弟

聞蛙　晚坐

十月八日壽懷用兄六十

南園襍興　擊鼠

寄錢允言　溪樹

送徐德宜　早起偶書

陳秋堂寄翫月登樓二作與史西村因附其所答詩復以致意焉

宜閒　九日寫墨菊遣興

九月十一日過光福夜訪徐雪屋

十二日還自光福道中即事

東老　　再題東林小隱

和姚存道寄詩韻　溪橋散步尋春

寄卞退之　霜降後一日書事

寄諸立夫　過甑山

宿虎丘松庵次張廷

南峯寺二首

與李兵部史西村陪秦武昌廷韶遊虎丘次武昌韻時武昌夜歸拜封誥至僧以興詩

道山高逸圖贈勿齋林郡博

五言律二

贈天香李公子　　客中七夕與鄉叟小酌

東皋樹啄為錦衣吳孟章賦五首

苦盡自題

七月十四歸途得鄉人兩少信

中秋對月懷陳起東

和陳僉憲悴之憫農韻

叟芝為道士作　　從一堂為孫節婦題

得東坡與晉卿定國二帖喜賦

終慕　　與顏公懋夜酌

和張豫源雨中問姚存道病二首

和楊君謙釣臺四首

戴東甫夜雨過僧寓清話

咏雪　　除夕前一日客中湯興

採藥使　　折杏枝插瓶中漫賦

見别者　　戲王惟垂墮馬

都元敬赴試　　立秋夜坐

承天僧寓見徐亞卿留刹

一聯

經陳永之故居

遇赦懷王文彪張宸

姚存道辭選歸

燈花

雨後經西園

秋夜與客小宴

元旦

睡起

九月廿八夜夢周元已以山水卷求題余湯揮筆元已曰請多思勿草〻因沉吟一餉得四語遂止覺後復夢足之元已為之稱

賞因兩次乃不忘

客以扶留見問因答

花朝雨中與王汝和小聚

二月二十日雨中

種杏圖為之明古謝陳味芝[illegible]其子永齡病

陳秋堂諭學滿考北行小宴虎丘步登高之

游

史引之齋中十踞分咏六角盆

戲如公　病餘待旦

病中懷西山　元日四首

人日訪徐氏妹　心古

過湖村　寄題松江袁氏林廬

七夕小酌王汝和累役不與

過簡菴記故　黄溪春早爲史西村賦

桑嶼秋清爲史西邨賦

咏荸頭餅　贈黄豫卿

洪城奇遇有序　落葉

中秋感懷　挽戚璉

挽馬白庵　挽王伏成
挽沈公望　挽琴師楊思道
哭吳惕文桂　悼清公
悼鄰叟　挽如公
哭金懷用表兄四首
挽虎丘簡書記　題小景
題鳳圖　蜀山圖
題振衣千仞岡圖　題畫六首
七言律 一

擬勅借岐王九成宮避暑

擬奉和聖製從蓬萊向興慶閣道中留春望之作

擬春日幸望春宮

和陳成夫詠史十首韻

却金為劉進士約之賦

送蘇雪溪歸越

怡野二首

謝沈以節畫

贈夏太常仲昭

半隱為散官魏原齡作

劉秋官廷美奔母喪回

己巳秋興
送吳朝陽都閫之任浙司
送朱武選調常德別駕次李西涯學士韻
和林郡侯送王敬止赴任瓊州韻
送王敬止謫瓊州
送山陰秦渡正謂華光祿
送晏青雲還蜀　送客南遷
經舊遊
和趙大參行恕留別詩韻

與徐七遵誨夜話　　送徐武功南遷
宜晚軒爲玉公賦　　宜晚軒爲珪公賦
謝懷用和刋鄙作　　梅軒爲侍御陳有成賦
松泉用周桐村韻　　寄周桐村先生
寄蔣主忠先生　　登多景樓
周校書宗道主吾塾自吾弟以及吾兒去就
十餘年因竹請題寓情有咏
滑陳允德兄書　　賦滑吳彩鸞壽邢孺人
送陳啟東司訓濟陽

息後即事
贈顧一松外史
感雨
退後即興寄沈廷佐
過靜亭爲翁搃戎賦
印溪書舍爲陳允德
寄金以賓
柬黎郡博大量
季[illegible]從後之京
和倪雲林韻
聞黎郡博乞歸用前韻寄之
正菴爲張克紹賦克紹嘗從母氏徐令後本姓故號
和陳起東司訓見寄韻

奉題雲岩雅集卷　寫懷寄僧

送董黄門志昂出宰壽昌

和張保定留題壯寺詩韻

雨中經黄氏故宅

蜀道兵興聞遵誨尋舊業

和陳怡然先生所示韻

佳城十景爲陳内翰緝熙作　十首

壽武功伯徐先生　十首

天全公書約登山不果寄此兼小東祝侗軒劉

完庵錢未齋避菴昆玉二首
送碩安道僉憲河南兼柬劉欽謨
屋破
和張廷采韵
和陸古狂秋夕寫懷韵
送梅谷暲公還松江舊業
和友人登城樓有感韵
因贊公之洛陽附呈劉僉憲
石室小隱
讀謝疊山書
陪天全翁登秦餘杭山遊源隱精舍天全有

作輒復次韻

渡陪天全眞劉州憲墓次韻

陳啟東校文浙省仍還濟陽

送諸立夫歸杭

分得北隴壽藏壽郎憲副宏謦

聞吳原傅既不捷于禮闈又連失子女悲其

遠固有不堪于懷者先此爲慰

讀童士志昂清風稿　送僧

和黎邦博索畫詩韻

並蒂蓮　至保叔寺

修公房　張伯雨墓

西湖用史明古韻　石屋洞

宋故宮二首　送友人以書禍流南方

宿江上　題德忠觀圖

梅枝　寄丘大祐

送友人遊三巴

奉和忠庵毋父留題有友竹別業韻四首

病中書懷　送汝中舍行歛還朝

病起訪吳原博值傷暑不面夜歸僧寓有作

用劉欽漢韻

送方道士詩陳育庵兼柬陸古狂

和陳允德見寄韻　喜吳原博及第

聚錦樓為前人賦　寄陳啟東

夢亡弟覺而述懷　九日病中憶弟

歌風臺

九日和李思式用亡弟留別詩韻

和方水雲寫懷韻　半清軒

懷文宗儒父子久客徐州

七言律 二

雪作二首　　中秋湖中翫月

臘月二十八日立春淂雨病起漫言

秋雨偶書　　有竹庄賞

元日　　四日過有竹庄

元夕席上贈吟庵憲副 二首

端午小酌　　秋暑夜坐

秋夜　　立春日試筆

秋夜獨坐　八月一日病中即事

雪中登虎丘　天平山

和張碧溪登寶峰韻一首

三宿虎丘松巢　楚江秋晚三首

暮春登虎丘　溪上

登金山

史明古曾約同遊今已化去

和西涯李閣老韻留題金山

妙高臺望　拂水崖

翟氏水南小窓　丹陽道中
再至虎丘松巢主僧索畫用空谷山居韻
夜行村路中　馬秋官課農山庄
黄尚節静逸堂　溪居偶書
散木高居圖贈吴元辟
望洋亭為知州贈
趙民部夢麟王廷信符周愚諸公携酒會飲
涵虚樓民部索詩遂有此作
陪吴艤菴載遊瑞雲觀尋道士不遇和前題

韻　　支遁菴

遊西菴　　遊妙明庵

保叔傳公得余詩畫失去重補

感宜興善權寺寮落

留侯廟和韻　　郭璞墓

古墓

為錢世行副憲寫虞山先隴圖

埋墳　　過席心齋道士墓

崖山大忠詞二首　　題孔太守高州生祠碑

尋僧不遇　韓克瞻宿五圖城因賦
經宋故宮
大忠祠四首荅西涯閣老匏菴吏書見寄
七月望奉老母泛舟玩月
溪翁　從軍詞
從軍行　贈少行二首
老僧　和錤古田韻
還俗尼
宿南潯詢丘大祐張子靜故居尚遠因作

重修醉翁亭　登鳳凰臺
讀漁父辭飲酒詩有感
讀吳越春秋　馮道
聞余司馬子俊罷撫邊
病起試酌　病中夜雨起坐
早起　病懷二首
自述次人韵　病中
舟中有感　閒懷用郭天錫韵
無酒　老年三病三首

秋涼遣病 唐璚有序

頌烈婦俞氏義事有序

覺老 六旬自咏

壽表兄金懷用七十

六十一自壽

寫菊壽王學士濟之尊翁八十

贈徐遵誨和劉邦彥韻二首

戲爻人尋訪不出

薛堯卿場中叅短策長莫録被杠黜

懷張元戎表第　金陵約史明古不至

寄五尚文大參

奉和陶庵世父留題看竹別業韻二首

慰吳水部德徵喪子

聞謝閣老休致過蘇遥寄

宜閒　静處

且閒　蝸殼為史廷直

守庄　拙齋

竹窓　愛鷗

橋東　春江
西川　空舟爲寶林寺僧題
南洲爲華中天題　勸性甫飲用韻
次艷庵雨中留宿　與客夜話
穀旦喜朱性甫至　載會浦東白
黃克明使雲南還夜話
侍家父世父與劉完菴西菴文會
重逢謝將軍
送都元敬赴史西村家塾

和天全翁留別錢氏祖席

七言律 三

爰雲為琇上人賦　送郭忠恕歸江西

聞文宗儒桑民懌兩進士同宿三宿遺院

壽王勉時六十　送韓世資

和天全侗軒留別錢氏祖席韻

送范景仁入胄監　和韻沈廷佐病起

游關訪劉蓮幕吉夫

踏雪次陳育菴韻　與陳育菴遊虎丘次韻

和韻張翰林亨父見寄
和韻沈廷佐留別
贈陸古狂和陳育庵詩韻
姑胥臺　不出偶成
祝大參七十　東莊為吳匏菴尊翁賦
陶庵　七夕
送文宗儒尹永嘉　蕉窗為惠公賦
送張用宜入醫垣　送陳祖賢展省還楚藩
和王秋官元勳病中寄王維顒韻

友人下第

寄題江口王廷信家黃荷花

對堂下老桂憶亡弟繼南

和方水雲秋思韻

訪范山人不遇

虎丘餞別半隱次韻

中秋客中

馬秋官抑之養病還吳

送呂角府乃姪還浙

陪呂府倅華節推九日登姑蘇臺次韻 二首

後陪二公謁伍相祠次韻 二首

和王元勛所寄武揮使韻二首
溪山樂趣
十一月十六日陪味芝陳先生遊奉慈菴
題杜東原先生畫　和五二所寄詩韻
虹橋別業爲陳世本賦
次張廷采韻再賦虹橋別業
寄光禴徐山人　留王元勛
送道士還俗　遊磧砂寺
後用前韻送王元勛還京

覺海庵次趙大叅韻

覺海早興　　和陳育庵山行

宿田翁賦韓克讚兄自號

南湖爲華文熹賦

客有母老久不歸者以此寄之

附韓宿田遣子問病

送客

和陳味芝壽古景修七十韻

維揚弔古

陪程諭德李武選吴修撰遊虎丘次諭德韻
時有淮人送豆酒
送程仁民省親陝西
清明隆盱遇雨
以椿芽茶分餉周宗道速其詩荅
和吴太師贈陸允暉詩韻因題
瑞蕉爲朱景南賦盖景南以孝旌門而蕉有
花人以爲瑞
送趙中美遊西湖
送陳嘉言赴洞庭徐氏館

會稽昌瀜 過席心齋道士墓

送劉戲之還遼陽兼寄賀黃門

謝松江陳廷辟紫竹屏

病沈東林病 題畫與古中靜別

浮孫報宿田 失孫

賦綵花

夜泊東城外懷李武選陳諭學

九日壽夏仁傑 寶林聚師八十

潤州魏虛谷道士致書求畫

和劉士亨見寄韻　送劉二府陞守桂林郡
贈張大參敬之
宿惠山聽松庵有懷李貞庵
猪苓爲韓克和壽
賞牡丹席上作折枝贈劉德成
聞閒丈振陞河南方伯
和周桐村酒暉樓韻二首
送陳啓東諭學衢之江山
六月廿五日留別虎丘泰復中松隱菴

寄雲中范幕府董椽
和陳教授賞叢千葉牡丹韻
題杜子美像二首　拜岳武穆像
孫母節貌陋容請題
古中靜學寫菊舊號鈌梅改爲菊堂次張碧
谿韻　題春雲山色圖
題釣圖和韻　文湖州竹枝
題畫　倣大癡小景
學雲林小景　倣雲林畫

山水圖寄趙民部孟麟
清谿散步圖為徐文序作
洛神卷　題夏景
錄余青陽建心與鄭山子美手札
題史西村遊杭詩稿
讀盛仲規遺詩　九日無菊賞芙蓉
賞玉樓春牡丹　梅花
東闌牡丹為好事者掘去
二十日見菊　病起咏菊

病中折菊爲供
艸堂前梅桃今春相續試花
吴元玉邀賞牡丹分韻
和陳玉汝大理乞竹韻
梨花　落花三十首
蒔菊　雪蕉
陸翁贈箫杖　咏簾
白蘋和袁海潛韻　螢火
人影　破蕉

楊花二首　送門神
棄婦吟
鄉有富子費盡至行乞賦此以戒暴殘不守
先業者　諷久客
荷杯　詠錢二首
盆中映日圓影上唇可愛而賦
雪鶴　挽張東海
悼張靜之黃門　挽沈[illegible]德
哭劉邦彥二首　讀吴文定公御祭文

挽東禪信公

挽陳育庵

挽劉芝田

悼華宗淵早世

挽鄰僧福公

追挽朱彥

挽州窓劉先生

挽楚珍上人

挽蔡工部公著

忌日哭祖

哭劉完菴

挽唐母楊氏

挽金秋官尚德母高宜人

哭許貞

七月十四日聞王怡節訃

兩湖聯句

五言绝

自君之出矣四首　玉堦怨二首
寶林寺十詠　偶成
爲友人寫蕉　夜泊平望
謁陸宣公書院　宿遼山下
道壯干山　孫妃墓
即事
閏九月廿三夜夢題戍卒扇

姚江十三咏爲陳玉汝賦
適趣亭十二詠爲平江伯陳公賦
爲張固寫鷄
菖蒲
綉毬
老少年
秋葵二首
芙蓉
綿花
絡緯
杏花燕子
題牡丹雉雞
題竹
畫鴉
題畫三首
題雪景

六言絶

題畫二首

七言絶

初春　七月十五日城中晚歸
和吴匏菴姚氏園池四絶
過傍酒館　題致道觀雪蹟二首
題富翁扇　贈老人
讀荊公事墩詩　經舊遊
淵明采菊　子陵垂釣

思理衣　睡起小酌
病起　聽起
聞楊君謙致政賦此以跂徤羨 三首
送周桐村 二首　送張廷儀
書張碧溪墨　題嚴子陵像
西湖竹枝詞 三首　柳枝詞
題魏[illegible]美小像　書扇三絕壽懋南
荅爻[illegible]詩　促陳啟東和韋
招友不至　次韻題劉完菴畫

題劉完菴所遺徧公天影閣山水
爲丘送陳玉汝赴春闈
題林子山濯足圖
夏太常爲浦㞢安作雨竹今遺其甥金仲和
夏太常爲仲和寫梢配之
題方〻壺畫　題陳啟東竹卷
書徧公酒病而後　陶朱公知予
題虢國夫人宴歸圖
書事二首

次東原先生與其甥魏公美詩畫韻
題聽秋翁所遺墨竹
梔花
咏妓失環
送人歸杭
太湖竹枝歌二首
贈陳世則
獨釣圖次周桐村韻
題賴孝廉公懋扇
招金鑾酌
同心堂
戲馬千里
葛嶺四首
韜光庵二首
送人之京
爲陸古狂題畫

楚峰雲爲吳歌者賦二首

寄吳狀元原博

觀辛卯浙江鄉試錄寄沈明德

送祥公歸靈隱時劉完菴作古感慨有作二首

題杜東原試竹　偶書二首

望陵圖　贈老人

劉德儀索詩画送錢進士世恒

端陽日與吳惟允杜子開雨中讌飲二首

爲吳惟允題舊畫山水

送謝朝用尹安仁　題鶯
送張禮部企翺還朝
與如僧官話舊　赤壁
用張外史韵題朙公山水
詠老少年艸　題畫送丘侯休致二首
補題福公送酒賞菊圖
戲方道士中酒　西楊梅答韓克瞻
題李淑真畫竹　王廷規見訪
題列仙傳

和陸大參孟昭休政詩韻二首
雞聲　聞歌憶王畏齋
次張汝弼與友人夜話詩韻
贊石圖送顧一松
人以墨菊見遺復畫菊荅之戲作一首
題畫贈陳育庵　徐美中後滿還吳江
題郭忠恕畫李西臺賞録其汗簡集以獻皆
科斗文字　題蕙花芙蓉寄徐滑美
水仙花　贊

送陸允暉
嘗画散木圖贈客以叙十年之别又七年客復持至索題其感以弊
夏太常雨竹
水鄉拏子十首 有序
題画與古中静别
答顧澄之
雙松寄林郡博
送陳考功朝用告省還京
題蕉送趙文端
題畫與陳秋堂别
李武選從毘陵寄秦太守二首

惠山謁文襄公祠　過聽松僧房

華孝子祠下一首　讀書臺

和周桐村樵興韻一首

和周桐邨虎丘四绝

墨興齋即景二首　病中寄謝揮使

寄張用光時通判河間

題錢方伯景寅扇　題画寄吴汝暉

暮春送客　題周醉翁扇

醉茗圖　喜顧安道致政歸

陪程諭德先生遊靈隱精舍

雨止燈下觀陸允暉画

學畫竹　　十五日寫雪景

登東皋以舒嘯　　臨清流而賦詩

廿四夜書事　　牡丹

爲戚里孫雪亭題四畫

復和吳工部元玉所分韻夜闌更秉燭相對

如夢寐十首　　濯足

麥舟圖　　菴源圖

題画贈劉方伯　答孫希悅詩畫
吳嗣宗讀書圖　自遣
除夕　韓克敬移家汝穎
題孟綉衣世傑畫四首
題先人畫萱　先人畫菊
聞山中伐梅樹　偶書
新鶯　暮春
即事　惜春
聞鶯　題趙松雪畫馬

題畫四首　題僧画

題竹謝醫　題畫與繼南

倣倪雲林小景　折花仕女

題劉完庵山水　題畫

春草圖　題畫二首

題蕉二首　畫梅蘭有序

題画四首　赤壁圖

題畫　獨釣圖

春景　題畫

雪景二首
題畫廿八首
題梧竹
題牡丹
仕女圖
五柳圖

石田先生集

長洲沈　周啓南著
後學錢允治功甫校
陳仁錫明卿編

五言古

夜登千人石有序

四月九日因往西山薄暮不及行艤舟虎丘東址月漸朗遂登千人座緋細綫步山空人静此景異常迺紀是作

一山有此座勝處無勝此群類盡磽出夷曠特如
砥其鄉揷靈湫敷霞面淥紫我謂瑪瑙坡但是名
差美城中士與女數到不知我列酒即爲席歌舞
日諠市令我作夜遊千載作隗始澄懷示清逸躭
曩真足恥亦莫費秉燭步月良可喜月皎光潑地
措足畏踏水所廣無百步旋遶千步起一步照一
影千影千人比一我欲該千其意亦妄矣譬佛現
千界出自一毫耳及愛林木杪玲瓏殿閣倚僧窓
或瞛紅搖在蛛網裏間〻萬響滅獨度蛩然纍恐

有竊覷人明朝以仙擬

因楊君謙見和復荅一首

狭逕穿山腹盤〻雄歷此吴王三千劍意以是爲砥鐵髓積廣面歲久色尚紫石罅竒竅〻此以平爲美坐閲今古人當不知千幾集坐畢一時傳〻嫌如市況乃實不及千名何以始凖彼韡武誕萬億未爲恥俗驚少攝多走覷信而喜我登紀夜吟其面月如水楊子時莫偕清篇觸倡起歷〻到以意不遊與游此語〻盡括石〻舉在詩矣使石尚

化玉條忽鬼入耳玩之靈光生憂之雅音倚氣淩
蒸春雲詩又在石裏瑟縮愧我辭荊棘礙步履自
笑邯鄲人胡爲强追擬

君謙又和復答

予才五色石補天曾以此餘才散爲詩或突或如
砥令賦千人座秀句尚紅紫誰謂丈人醜貴有幼
婦美一篇似難久連篇不覺幾謂即事深刺打揭
滿城市先時湧無文增重信伊始我如呼風鳴悲
鳴自堪恥予如希有鳥九萬借風喜上擊層霄雲

下掠滄溟水餘力播此石欠靜嘗礌起點頭有公
案悟詩與禅比不肰只寔頑一石而已矣我言予
無荅一言而巳耳尚容荅千人琅玕襍然倚還招
舊時月揔照新象裏我復就盤陀箕踞脱雙屐咏
言詆千人使在無妄擬

寄題金山

金山名天下名大山則小我在童丱時其名已自
曉願登盖有待待〻肴空皓屢扣土著人掛漏巖
可道所亘百畝石江心泊浮島山中無空處皆以

殿閣遠及參能賦者語莫盡其巧我托耳爲登聊且厭悵懊譬如山墮夢其境皆夢造夢覺費追隨嘶滑未了〻有路縣不遠有身無大擾從地借徙步從天借不老便須遊一年寫此平生抱

贈史癡翁

我昔聞癡翁已及三十年不知翁爲人名癡胡其然癡本性不慧朦朧百不便今年閶闔城握手在市廛脩巾揖軟羅腰帶敝帛纏短履艸獵〻長袖雲翩〻溫嘶未通語輙歌沈醉篇拉翁黃公鑪買

酒醉聖賢却杯不事飲莫與癡爲緣我謂癡所發
必恃酒爲權無酒癡不成癡酒不可偏云癡豈假
酒假酒癡不全我癡抱混沌七竅莫我穿若謂酒
使我良馬亦俟鞭人以點教我我自信癡蟬人以
嗤我畫我畫師癡處手探夾袋中出具置我前水
墨乃從事澹淡開雲烟六幅及小幅經影彌山川
圖成贅言句草次亦及玄市上諸小兒驚駭謂仙
仙清虛結髻衲鷺花亦留連要去不掉頭急急箭
脱弦無慕豪富門脚版如鐵堅此翁所以癡以故

囊無錢於人有雌黄常在口角過於人有孝義記注一大編此翁不癡者人爲滑知焉吴人多痴呆翁豈吴人傳翁云我吴産此病知真痊我生迨八旬落嵬如風顛不知人所毁亦不求人憐種竹欲借地買書常賣田蓬〻被白髮咄〻書青天我顛與翁癡〻顛相比肩約爲老兄弟逍遙覓彭籛

登妙高臺

登臺見青州默〻感令昔江山本舊觀形勝我新識江山不因臺流峙天自闢臺固爲江山亦當爲

遊客往來相無窮有得與不得坡老莫可呼舉酒
酹江色

送遠行

行矣去君側去去郵復留會面諒已難徘徊滋隱
憂五里臨清川十里陟崇丘轉盻路何迴馳心同
水流朔風白日暮瘠馬局遠步思君隔浮雲豈知
我中露流景不我與客鬢已非故酌彼青兕觥聊
以斟末路

送汪廷罷重游遼陽

三韓亘東北其地次海隅勢位何崇高沙漠蓁莽
俱盤欝千萬山望有醫巫閭夷狄相交際烽塵稱
畏途汪君江南產好遊司馬徒走馬日千里寶鞭
揚珊瑚風霜切貂裘酒薄不足呼腰下秋水劍復
繫玉轆轤海鵰落長雲壓桑戲强弧扵此頗有樂
結納多文儒黃金日遶身大餅擲歌妹歌妹且不
惜巨萬罽鼂需磊落見襟抱中可開江湖一別倏
十年玉雪猶偉軀言復尋舊邀逐去無雜色笑我
褭足人牖下秖白鬚分手各有贈〻我錦氍毹我

亦聊菲薄侑雙壺

送蘇安道赴祝冬官惟真館

江程何悠悠汎汎江上舟載彼圖與書言往海上遊東海有君子孝友天德優好爵弗久縻屺岵重遠憂歸來壽春酒酒影照白頭怡怡家庭間和氣聞遠州之子固慨從芝蘭味相投匪特自假益尚應童蒙求春風動花柳絃誦溪堂幽可聆不可即含情渺長洲

和陳惟寅先生姑蘇錢塘懷古韻

開國樂湖山流觀起高臺曰有獻媚人木青自蘊
来修泰遂亾國捲地驚風埃

其二

孫勝有奇占揚風骨亦無他日秦餘杭三匝不可
呼令人追往夢烏雀悲烟蕪

其三

伯業不可久闔閭行役墓世換悲樹葉人減驚艸
露呉越互興亡無足笑百步■姑蘇

其四

瘴氣薄宮闕燕幙傷故都正如當道蛇蜒頸待人
屠一枝難苟安展轉南飛烏

其五

和計遁居敵風塵入松關六龍一逋播王氣去不
還惟餘岳墳樹枝葉無人攀　右錢塘

道上春艸

春艸本無愁有愁因我生千里随我遠始自出門
行一步長一苗根從心上縈酒澆根不爛詩遣苗
復縈何如閉門坐愁艸兩忘情

詠庭前桂

庭前有芳桂聳立自孤生時當風露凄頹䕺黃金榮翹處群植鬧悠〻揚德馨衆穢豈不忌氣稟莫相能

枕頭曲

少女重青鬢膏㨾不停手臨鏡時再三呼人問妍醜西家有寡妻日〻待白首

門前有垂楊

門前有垂楊柀葉何靡〻飄花欲及地忽复因風

延搖蕩少婦心天涯念遊子愁多肌肉消不敢臨流水

風吹枝上花

風吹枝上花嫣然發春紅吹落忽在地利害同一風妾[illegible]君愛謂妾如花容々在愛先弛不能保其終妾願化為金石願化為石堅久保君心貞固保君德百年在恩愛莫以妾顏色

思遠

露下芳草歇寒氣薄羅幃幽處心獨驚行念君子

衣君子别既久嗣音亦已稀愁来不成織空對流黄機揮淚如泉水明燭無光輝

有所思

人生何以悲〻在生别離音塵無通日相見當何時夜風吹林柯誤君来庭墀達旦耿未寐因之有所思

薄命妾

婦人原附人以貌結君子願言百年内相生復相死宛〻梁間燕雙〻同一壘一朝傾新歡分飛别

離此新歡如新花比妾真可憐君本不棄妾自無長少年

棄婦詞

棄婦下堂去六親盡徬徨棄婦無所棄〻之家不祥憶初來嫁時惟家以為慶叶揖〻理亂絲為君事流黃扎〻把長線為君補衣裳雖勞不敢辭雖工不敢揚竭力奉君歡羣小亦莫容叶君心豈不諒背憎由舌長黃金亦銷鑠禮義安足防去〻出君門落日照大荒輻脫難復行絃絶難更張事乗

理當去但念未分明叶割皮以爲紙瀝血以爲漿前書柏舟篇後書綠衣章進君期爲悟視聽付落落漫書於太空願助日月光萬古麗元氣上下流無方倘或淪君心他時食糟糠

王明妃

妾顏美如花正可事和親宮中勝花者留爲君側人君王欲偃武賤妾豈惜身揚揚雙蛾眉萬里掃胡塵將軍嘆白髮翹首空麒麟功當賞畫師重從畫不真

悲溺

少小出閭右生長紈袴中珂馬越阡陌溢目揚光風青紫恃富取豈信詩書功調笑隣家姬琉璃爲酒鍾黃金一朝盡雲衢付寘鴻勲名悲故鏡白髮紛秋蓬淒凉西華子落魄東郭翁天寒城濠隈失足探蛟龍況〻泥中居層冰相蔽蒙家人不得覓尸出泫方融輿歸經舊里見者款竆通窮通不可嘆富貴少令終

留連山中薄暮返棹

遲々二三客默々對層岑轉柁青川口忽然西日
沉常時急帰路縱馬迂我心行々望不輟去遠思
瀰深所思何以寫丹青亦難任不如就明月彈我
丘中琴

送桑廷貢遊燕省

我常惜別離惻々難為情今日喜送子浩蕩新篇
成知予老困頓劬書守戢荆出門開緐顏興與春
波生扁舟上濤江疊嶂互送迎括嘉兩名郡兩旁
美政聲詩酒有嫻藝風流繼彭城况多佳山水王

高山矗萬仞野木隨上天渺渺古柏挺更出羣木巔觚稜槩星漢窓闥雲霞鮮鐘魚有遺音下自冷風傳神仙詫棲宅方茲未泯然我但惟飛磴尚與世間緣

古木寒藤圖

古木迸石出脫葉如無生羣條自西風何以答秋聲蒼藤載來傳恐因雷雨行我詩白[illegible]書誓與同老成

速揚君謙石田記

山中有田石廣衍滑數畝堅瘠不可畊無用實類其朋從〻加稱遂爲石田叜稱者非譽辭吾亦甘其受楊子許爲記其言食巳久徃〻人家見篇〻燦星斗一見一擊衷意予獨我負扎劍表心許何嘅曾出口滑非以陋物不足辱録取碑有紀封禪鼓有示獵狩於此逆覩文或可假石壽子文洋漢史其傳信無朽脫使不多作難保歲月後恃子猶洪鐘應隨大小扣不應似生吝〻生虧所辱吾石能作言將以子帰欲不聞詩所載艸木備葦醜不

信石終遺不遺點金手遑遑日趣佇何日當富有

大石狀

望望秦餘杭首尾行不了大石究其尻趣肰一拳擿山体厚藏骨吐秀此特表正類抱中嬰頭頂露於褓形大氣則散趣足喜在小其深雖未即遠觀已自好頃来莫能窮戀至敢艸艸循墻道林麓記曲乃遺杳登登覺向峻漸漸鷹木杪覩峰據門左呵禁口欲皴有磴沿百級有殿嵌山造並殿蹊偃石懸身龍嬲矯行人自其下恍惚怖四爪轉高蹐其

背腠慄身亦掉鎮腦结佛亭所仗力可攙四壁湍
題句貴賤成襍掃同遊懲涉險旋踵促及早次尋
巖間寮蜂房互窈窕缘勢盡西向局地窄接繚雲
棧中貫穿所歴平地少山静目自長石瘠人亦槁
坐僻覩居安傳竒被遊攬陽崖詑啓㧞陰竇疑目
窅䖏含風颼〻濕映雲稍〻衆綠不可辨乱壘罔
拆坻層疊百寳合亚紺或厠縹亘此金剛座千古
不可剝危椒壓屋脊雷雨常怯倒艸木亦作怪牢
络萬蘿蔦蒼松長深根本矮枝節老斜見山桃花

微紅映蔟條州異傳多藥采擷未諳曉欲宿嘗三過衾裯悔忘抱既夕氣更佳延月象信皎向欠一躇步意先有璪鳥情狀要細述言語未獲巧不期諸藟嵬拄腹早韞藁宛然紫芙蓉被我一手构東坡昔袖去援例我非狡山僧昔看相便覺生煩惱

雨中看山寄楊君謙

看雨春山中晴日未可及巒華與嶺秀濯濯翠流汁水墨間罨畫屏風四圍立襍花逗餘紅雅與松共濕低雲滿窓户似愛幽者入我初作淨觀併喜

淂靜習紛〻治遊子此境不足給有詩在此境雋句待人拾詩腸倘乾燥亦許借潤浥持之報楊子亟可事屐笠

春艸

春艸不間生千里無絶岐客子畏遠行見艸愁即滿艸莫爲愁生却被愁相累如何踏青人晴芳媚珠翠

吴宫諭觀治園和韵

散直樂清宴緩帶行園中闢荒自伊始有力適我

傭犖磥一何多瑣屑錯蒿蓬漸理塍與溝脉々見泉踪作者苟不劃奚憂植雜豈况嘉臨　皇畿春早氣自蔥好鳥鳴樹顛東方至和風勿云觀小道治國將無同

生辰

今朝六十八歷歲知既夥青春不還人七十近在左流光迅晝夜忽々迸石火我與石火争寄活真螴蜾但願無痰疾衰骨瘦亦可浮雲載富貴過眼顒不忝先人有薄田數口頗纏累開門事清咏天

地自容我

壯寺水閣

喧市紛聒耳幽尋達城陰誰料此城中其境自山林僧寮敞小構雅據西水潯清流可俯掬鬚眉亦堪臨返照在東壁水影浮虛金人物相映瑩寂靜空道心散木列左右上下鳴春禽蹤竹不蔽廬累累見逕岑遊賞莫禁客酒茗喜相尋僧閑常來轍記壁曾誰吟筆硯我所事湯以開煩襟

中秋燕客

萬古一中秋月亦同萬古陰晴與憂樂中有時事
阻月本天中行與人相惘然今夕適中秋浮雲忌
清圓萬事有不齊即之譬人月人情間憂樂月亦
間圓缺四年我坐水有月無好情買酒不及醉孤
眠惱長更值旅同心又勸我略瀲灔坐久晴色揚
萬里發朗照侑酒有短章舉杯邀清光載歌載舉
杯萬慮俱茫〻樂在天地間人生所得少得〻享
見在誰使我不老呼月對白頭尚能幾中秋人生
無萬古月但伴荒丘

除夕與韓克瞻蘇安道守歲

紗歲樂合并留戀甫及除不可負奇遇請勿歌帰歟天地一逆旅所在皆吾廬各念年歲改匆匆不我儲相守戒毋寐徹夜亦須臾四時流且既其程惟僅餘丑鷄苦無情督曙聲喔如隔鄰促沽酒一一圍地爐傳杯相彼此巡次不可虛林靜風滅響兩迹良漸踈俯仰百年內我人今夕俱人情與節物攬筆吾當書

仲子隐不出志在高卧裡西山多白雲衾子復枕子雲豈衾枕人欲卧假于此嗟彼卧雲者偃蹇一僵耳子行雲卧履坐則雲臥几談笑及飲食亦復卧唇齒此乃卧之裏譬之枕流水卧訣素有授希夷老祖稱此又臥之大處丗一夢比我特寄夢言與子論卧理明朝雲出山子亦當起矣

聽泉

若人居城市以耳求聽泉泉不在城中山中乃涓涓终日未忘聽豈在耳根邊若以實境求此泉隔

天淵要知泉在心心遠地則偏所謂希聲者無聽亦泠然

圖錢氏沁雪石

奇觚崎奇石兀可當一障沁此萬古雪亘地氣魄壯蒸雲勢欲軒滑月神更玉妙擬軼仇池潤未下雪浪剜鑿天借巧胃次見洞蕩狐立宜有隣誰許修竹傍風雨不敢泐刻名久無恙寶此一夔足磔砢不多尚貞德允配主白衣可呼丈我見便欲拜良信米芾誑聊與貌高古敢有愚公妄

莊仲威家山圖

圖囘不畫意莫寄家山清家山在具區湖波如玉明兩峰合書屋芙蓉照簷楹笑語水月涼濯足魚龍驚盈〻隔浦人宛〻望蓬瀛久居不知勝借視子墨盲山水有真趣持歸心始平

元祐黨人碑

熙豐小人用壞政始介甫類從一何衆三朝養禍秪元祐用君子四海賀馬呂豁然破積晦有若日當午一日十二時午位僅一數十一非其位乃在

小人所天意未厭禍害類終遺悔在睽同而異月朔失爲迕其華隨以動在咸象于股奸京柄崇寧首以故案舉深虞道復長籍黨表天下挾詔作大書歎世出妄語一鐫亦莫服鑿石竟何補邪正均一罰株連示淆盡令於歲月後是非目誰瞽譬聽星與宿經緯森天紀不妨彖彗孛各自綮堪指君子猶元氣不能絶其緒但含消長機小人昧其旨雖云詐大力欲絶亦謬矣十步有芳艸十室有賢士若使朝廷無咼以維國是不以溷小人同事信

難處其勢莫兩立傷夷至於此小人務鬬累君子務致理小人恃必爲君子恃必沮奈何君子少莫勝小人侈恃勝初無人習惡後無主丁秦及賈韓馴至國賣虜一旦中原失小人寔爲佑乃鑑殷之亡先聞九侯脯碑者本悲也我来手重撫

得友人書

薄言履秋霜奄忽水塞川徘徊長嘆息方舟那渡前白目翳以晚繁星羅中天美人隔南北不見悲一年仰觀高飛翼忽墜伐木篇〻中何所有耿〻

復綿綿意重莫爲報中心惟歎然

正月四日喜許氏女得甥

汝寡無丁男托命惟一女活世真廢人盲瘖無乃是今年女有育正月利孤矢乃是四日生六日方聞喜得報訝其遲隔縣本非遥老夫笑滿面賀汝似得子他人視則甥在汝則子比緣情遂亡分惻眼併遺氏在我固稱彌因汝喜切已婦人易持家婺煢粗有恃身後享粢盛其氣尚有以汝夫在地下不爲敖氏鬼譬如委霜艸今爲春風起復如涸

溝魚一夜漲春水只憂不曾生既生長易矣便須買書本教自孩提始成人無地圖讀書而已耳

謝李貞菴惠蘭

小子來冒雨筠筐載蕙芳撥葉見新苞蘤爾附根傍潔缶手親藝供之堂中央鮮榮尚含貞細馥座已揚珎重君子交所遺亦異常見物如見人惠然登我堂載拜挹其德加植示無忘

走筆留客

溪山不礙路溪水如招人好友南海來談笑氣若

春我具一樽酒宿昔可以論況逢中秋中戌我兩嘉賓雖有東轅車我欲方其輪願因長相留離別勿復言

遇李生

李生〻壯方膂力矜異羸桑弓勁如鐵輕引左右臂短衣獵南山猛虎俱待斃官衢多騎劫一發嘗貫二含笑擔其囊韈補酒家費小飲三百杯味薄不足聽夜半挾金餅隔樓調隣妓橫行長安中五陵誇結義秋暑滿溪閣解衣詑能事撾床助談屑

秉燭聽未既衆客不敢譁懾此河朔氣座無揚開

府娓〻當誰爲

送許貞葬

蒿歌引徃紼言出郭南門我來臨其窆衷艸凄寒

原情至時掩泣痛惋不能言百年合有死惜此英

妙寃我昔有女蘿附此長松根托生相因依綢繆

在東崐長松一朝折修蔓絶扳援煢〻委中道有

身安用存

冬至日得韓宿田書

經旬曠良覿惠音忽來枉初言驚違和尋喜還珍
餐感滋遲莫鄉舉動力難强履至陽始復六陰既
徂徃風日如春温人情亦爽朗所願君子道甫與
時俱長

十一月十七日戚仲規迺予乾旋見過

一冬不作寒陽氣殊泮渙昨夜病枕中朔風驚耳
觀瑟縮朝怕起高日照海岈枯林尚启启喧噪鴉
鵲亂門前報剥啄有客立凍鶴且云宵征苦逆楫
宿途半扶憊出懈謝欝抱從笑散後云鈍舟者家

君庸自訕此行亦小鈍父子當併案君父有不鈍
文華捷飛翰子宜捷其捷未許仍鈍貫捷鈍姑置
之釀酒促燒炭

十一月念三日入城會陳育菴

冬温氣不肅感疾因入郭日入蹬火候無處問醫
藥繫纜逢故人先我寓僧閣誰謂在今夕杯酒洗
離索娓娓情活餘互問新述作從容發謳詠時或
聞嘲謔不復有欝懷未藥病先却婚姻舊兄弟氣
味亦相若各念老鏡人覷面苦難數偶耳滄海間

合此千里鶴天六喜留客歎〻細雪落呼墨記良
會發見瞟童悖

載和楊君謙韵

我閱丘中石巽巖特見此天不生廉隅蕩矣若加
砥但嫌色相在雨洗常出紫坦〻室坐人喻千溢
其美未如清源達所容不拘哉可扶豈萬牛菱溪
發穿市夫差墓其側恃固乃经始小類莫試劍脆
裂傍可恥夜〻晒明月玩弄少容喜我來叢豪吟
鶴磵應流水初憑石乘興亦半因月起百年擇一

勝頗與赤壁比有石無此月其遊亦湯矣有月更有石有詩兼稱耳下里和者多聲韵妙依倚胸中各磊隗爭出言句裡何當拉諸君我亦補芒屨明年待中秋石遊更堪擬

費元詩

義事久不見將謂民風漓有此費元者秦人何可欺嗟嗟逆旅隣平昔昧所知庚死憐頃暫給饘活其飢傍窺妄識議將利室中姿隣後頑奴報夫婦自同來元曰非奴利茍利非我爲掉頭略不顧天

地知吾私至此嫌猜盡君子未嘗移所[illegible]既云厚厚者宜過之況氏沒永平訃達肝腸摧哀痛出天性殞絕豈自期或謂不可訓若提闔墻見斯人今已矣真骨當爲芝其鬼當爲雲祥瑞昭明時況是有賢嗣天報信不差尚看千載後名從青竹垂

爲越公重題舊作山水圖

畫山寄松院墨澁筆惓憚別來三十年衲子尚能保開卷潑叢發可感仍交抱正如故友朋來見舍愀悼人生非金石年華豈常好白髮不奈事先此

青山老當更三十年與物論壽考題詩報青山彼此托玄造

星墮

惟己酉十月五日立冬始鷄後涉黎明寤者稍稍起有星流西北而從東南止其大如車輪蓬然曳長尾撒星更拋焰遺落相纍纍其光白中黄燭地以晝比行旅盡驚仆吠犬鳴鶩雉墮地如砲聲引響久未已庠閭皆駭撼約聞三百里七月嘗示異不意復有此嘗過視莫諦墮處曷究擬至地當有

化其形當何似其墮當何曜其罰當何理竊謂経
與緯墮一天缺紀無乃金火餘其氣互合耳餘衍
固非正謫罰自有菑祥付茫〻不敢扣太史

畱題拂水巖真公房

我家去烏目壯騖僅一餉嘗遊但東麓拂水渺在
望衆口詫奇勝翹首作西悵茲来不忌雨晴意晚
始放力奮興亦趋履淖老追壯一登還一頓往〻
手却杖轉陟歷亂石嵌窦蹐雲浪谿巖中通泉欲
墮風倒抗颯〻成萬沫仰噴下而上著面毛骨寒

遠立未敢傷直訐功德水浼沸金剛藏耆僧瞰泉
住相地風水當天設冠岳山邑人不我誑抱衾雖
一宿言拙莫能狀乃知南山詩包括自有量重來
何歲月此亦還可訪

文宗儒在告

功名大慾淵取之無一足　朝廷曷忌吝賢達豈
盡祿投林先機鳥清晝枕書宿親知嗜早計風雨
頹茆屋開門待白髮歲月在松竹逍遙風塵表昨
夢破榮辱尚有舊藏書坐課諸子讀

對春雨

春雨父毋情惠物伴愛子潤被蕿華妍長養助欣喜庭垂孫腐焦土渥芽伊始齋心臨散絲清虚及窓几自憺槁颯姿均榮固無理

戲人短視

朱子阿睹中光晦視昏沉袵坐醉翁縕衸非五色滌只消理肝木未須刮篦金眸遠野常霧瞻晴天久陰逢人眛真面而從言語尋欲比亢倉子誤名觀毋音其疾止眊焉豈癈聾與瘖體具聊垂用譬

如不調琴一向甘懵懂青白非所任把盞睫着字具服倒提衿對酒止告飲既灑徒拒斟出門皆通衢長迷蒼耳林平生絶騎馬惴惴在臨深尚有能為者千首日細吟我知予不晦其删從諸心

送朱性甫遊西湖

西湖我先遊君去是落後落後為生人先遊托故舊從君未到時説與亦疑謬當以湖洗眼口亦要湖嗽不嗽詩不清一洗目不瞀此湖有大量先後皆納受固不為君薄亦不為我厚有容有船載有

酒有歌侑兩晴無不好濃淡兩爭秀落日映四山
清波照紅袖與特衆樂耳君定出其右尋我舊題
處佳句多脫漏亟自要君拾一一不可宥想見南
屏秋倚爾兩肩瘦人多詩亦多各各倫妍隨湖在
詩亦在各各千萬壽日日人去來詩能作將候如
歆止祝始禪續而迭奏君吟未必盡山水詩苑圓
君行報山水我老尚堪又

潤色舊臨倪雲林小景

迂倪戲於畫簡到更清臞名家百餘禩所惜繼者

無況有冲淡萹数語弁小圖吳人助清玩重價爭
沽諸後雖有學人紛〻隨繁燕雀子强我能依樣
求胡盧墨澁不成運林慙瀾與俱何敢希典刑㕞
貴寶匲〻醜惡正欲裂搽去不須臾今夕秋燭下
載見眼糢糊妄意加潤色泥塗還附塗雀子豈不
鑒愛及屋上烏

咏齋中黄菊

宛〻黄金杯虛罷莫挹酒造化爲鼓鑄賦色應西
睽溥〻朝露浥宛〻秋苞剖滐戢不盡愛欲折還

惜手氣屬蕭颯中遲暮以爲候病夫蕭颯人意味相昵孚頗非兒女花貞固知所負吾齋空四座命作歲寒友

心畊爲陸宗博賦

問心何可畊其地方寸耳何足展東作所薊當何似我試忖度之固非沮溺比曾莫事於鐵耒茲靈虛耜揹〻駕仁義役〻闢詩禮多讓豈失段不舍亦猶仕積久驗其成孝悌是靡芑象賢各穎秀無徒有糠粃生〻世所業子孫〻而予奪孔穰田者

豈得安敢擬

食蟶

海户求鮮食塡筐筥族繁秋泥深諳窟緣殼暗尋
門擿玉容生撻凝酥怯過燔著薑相打合漬酒與
温存角聳蠻娃髻纑纆拙婦兔味饕人口腹菑累
爾兒孫比類憐吹煦合津憶吐吞庭霜委故蛻沙
爾沒虚痕薦夾山杯後休將蠣蛤論

盜蕟

小竊雖饑寒巨猾實扇起十百相黨群刃受兵凶

技前隣遺斫開逼貨灸妻子後隣蔓重隄進舟當
門艤擔負亦公然蠶室乃云止稍或有賊牾人戮
廬亦煅無何闃西村旋復嘯東里通川及要路宵
征絶行李檢刮空腰纏躶至夜裘褫天寒氷載路
溝壑何不委家〻夜结束老少泣以伺一息苟奠
安天明各相喜正念一井閈搔動乃如此江東連
江湖固是盜所倚禁弛氣則張類滋勢難弭有官
示以仁得錄不之罪恕實長之道無乃延小美有
聱自此輩識者謂辱已況彼消後言時哉好生理

教甬不啐人所性安可使〻譽出賢者天下知善士民以靜爲樂貿〻安生死雖然慶賙恤糠覈自甘旨去蠹木欣榮除蛾禾茂蕿苟以刑不仁誅夘亦非是刑以齊亂民用之不淂已如何輸租人來駁發于箋

題畫

策衛走長坂弤吟調風月自視逍遙心扶桒可曦髮天本不忌我聊偕艸木芟我亦不忌物長年唉薇蕨

三月九日舟泊虞山下見遊人續續于林麓間可愛而賦

霽色澄虞山正與遊人偶一年無多月春三及秋九匆厭傾郭人隨俗悦親友春風各招邀處處開花柳林華競妍新無復有惡醜間見叢綠中遠映紅裙婦休云惱山谷點綴亦可取摳趨識壯步屢頓驗皓首下上相追攜從高引衣手尚有散逸流列石自俎豆老夫目中盡未在逐逐走況當氣力衰孤坐還可酒

七星檜

海虞七星檜宜爲羣木冠列生老子宫與邑作奇觀廣撝氣蕭森入門凛欲汗久信天地成沃知雨露灌傳植從蕭梁其説我恐湯驗斗形巨全七既斃其半三株寔聊存難報歲月美各〻具一異形容匪詞翰四體裂多槁豁然敞三判東體活亦裂筋骸互續斷壯者蜷而禿袖破舞脱腕葉亦不暇葉榦亦不暇榦左文皮索綯狐蕝頂留纖槎折象齒蹺癭决鬼目爛䟽越復蔎冗皺骫仍軒岸蛟攣

及覩跛努力不得竄矛長及劍短接戰驚楚漢如此紛怔駭聃君不能按知遭我雷厄還屢兵火難生死付冥然造物反被玩君子重貞固頑醜小人讕緣高坐吹簫我欲呼崔鶴從根覓埋丹澆泉覘紅燦長生就其蔭永作婆娑伴

壽萱為邰國賢賦

誰家無萱艸誰家無老母堂前無孝子萱艸亦空有邰家碧玉根孝感生不苟開花作婉容順葉承左右愁非備養具不足充體口邰子所以種涉孝

豈敢後卿寓盆岳春志自超盆岳干禄以代養早已登州守官大功名大封榮日加厚腰帶暎金葩首翟照春酒如何毋不樂〻則自宜壽人生養至此孝果在萱否

雪夜玄談為楊君謙謝慶壽僧

迹通心自遐京城信為寓寮中宿香火清淨與佛住手翻西域经卿作遮眼具楊子簪組人薄榮致勤慕文翰謝酬酢躡雪騶枉駐蒲座结無生玄旨句下悟推窗夜懷澄瑤花滿庭樹我謂支許流千

載渡奇遇致高圖莫傳謬寄邯鄲步

趙頭陀

山住忘入年衆慮攝一定氣味漸大后久〻同心性面瘠疑飢成肌滓匪浣淨濅髮短及耳鬚槎黑紛動遁來訪人寰迹若無塵境半跏就長衡目瞪神亦凝過旅詰何修百語罔有應中露詫莫偃尚見雪霜更動偶不知動靜至不覺靜譬觀鏡中影出入何害鏡施食信酒肉大啜蔑羹剩投貨略不顧千金等破甑謂仙人莫究古佛誰敢證塊然天

地間造化莫命令

十八鄰

比〻托鄰並相好逾百年老少雖消息林廬無改
遷率夾壬子歲潢潦割相連滔〻槩吳會墊彼公
私田〻中不生穀辟術無所傳嚼艸〻亦盡仰面
呼高天惟食累于卅不如枝上蟬渾舍相抱哭淚
行問餓涎日夜立水中濁浪排胸肩大兒換斗粟
女小不論錢驅妻亦從人減口日苟延風雨尋塌
屋各〻易爲船憂厄久不解豈免疾疫纏死者隨

河流沉骨魚龍澗生者乞四方所飽何處過兩年
非一日我日粮一饘逐々更逐々去如飄葉然飄
葉或回風故處還迴旋一去叵測歸々亦何為塵
鄉土及骨肉豈絶情愛牽孿地莫容居皇天不哀
憐四郊類兵燹蒼莽空人烟盜賊國有討出禍力
難援州司賑恤典勢分與民縣告訴走無門何况
病莫前老夫廩無米亦無廣廈千對眼不忍見衷
腸惟火然便欲吐我哺納彼止一咽衆口相嗷々
欲足理莫全故好成乖隔載聚何因緣

曹廷儀自淮陽来哭其師陳味芝墓

方寸千里心三年存義喪淮陽一掬淚不顧吳雲長此淚久不落自予忽浪〻嗟哉彎弓筆掩面在道傷

月溪

月為大家物何獨此溪有千溪千溪月同光無薄厚惟是溪上人雅與月相偶君於此溪外他月能識否逍遥見在境此月隨所取叶低頭美清華白壁落我手尚呼酒酹之溪月我三叐

題畫

山石何齒々蕭々林亦踈夕暉返前渚清雲流太
虛伊人撫佳景神澄氣冲舒掩冊漠無言究道義
至初

石田先生集

長洲沈　周啟南

後學錢允治功甫校

陳仁錫明卿編

五言古二

舟中望虞山與吳匏菴同賦三篇

虞山我鄰壤欲往路非遙以[illegible][illegible]好挹風月虛春朝茲藉嘉友興理舟訪岩嶤漸喜蒼翠近豁眼嵐霏消上有古松杉落落旌幢標其下見行人往来

雜僧樸我坐意亦馳豈伺嘍屏趨何異謝康樂巫湖眺遠遨

登昭明讀書臺因訪徐辰翁丹井

遠秀目已周復騁登高足青山不嫌人所取隨我欲巍巍古仙臺寂寂真林麓七檜交雲霞靈飈散清馥崇臺轉磴道攀緣把傷竹同行玉堂彥高咏應虛谷逍遙東山風能去歌管俗申紙驚連章謬圖附一幅聊以志傾賞流傳亦何卜或恐閙邪人有酒悔無逐

我田今有麦

我田今有麦芃芃日滿城瀼露滋顔色長茂及春晴老少鉏其根傍恐野艸生不恤勞力苦自爲口腹營念彼饑餒日對此喜先盈不願秀兩岐食新即爲穑

移榻西軒

舊榻處幽暗耽睡困有因移之置西軒軒製煥以新其地不函丈虛明易知晨東方動初陽流光先枕裀破我黑甜境夙興自然勤盥櫛能及時亦足

勸奴人尚有清夜景月出簷之启照書僅可讀老目自不真茲軒所助我遲莫生精神享此一息佳嗒然遺我身

石軸花

山行見石軸黃棠大而華一花合群英逐可半尺奢團團綴末餘乙乙無傍極或如胄纓蹹或如撑秋爪爛熳山谷間仙人唾餘霞性不利羊食其生天所賜躑躅本山榴又以紅見詐且致是非聞未暇披金沙誰能別為名矣如紫易花感菸在隱約

把玩令人嗟姿容壯丹比但未妝姬家蓬華困遺
賢荊布纍貞娃取酒載酹之下山西日斜

端午謾書 丁酉

周也渾衰憊奔波已不便親淹階上殯食仰水中
田借貸煩窠戚飢寒罷歲年低頭搔白髩雪淨在
青編憂患令如此聰明不及前私情吾自訟公急
衆誰憐凋瘵應傷骨劬勞不息肩趨父棄田稚隨
例劾庸錢違奪虛吾日號呼徹上天誅求家百出
政令月三遷簡靜高明度更張小諒權鳥安求茂

木魚樂奔深淵流剽如爲纍搔鷺孰任懲申商疑
實際卓魯似徒傳青艾誰攻病紅葵他自妍深居
思俊德分贊伐諸賢莫以威嚴恃須知憂樂懸厭
鬼求角黍與俗話蒲鞭積雨殊滂矣浮雲亦黯然
致嬰門限外此意向誰言

觀徐士亨所藏懷素自序真跡吳匏菴許摹

寄速之

藏真儻蕩人草書如易耳羲獻有世師擬步爭尺
咫長驅兼顛旭所至非易矣筆勢酒發之將腕兵

其指潛鋒在渾淪藏力於纖靡恍恍遲速間神妙
出生死心以禪觀通隨物得書旨風雲及虺蛇信
筆裏不止一筆脩一變萬變寫象起固足稱艸聖
多括類書史史還嘗自序此作良有以汗漫逾千
言燦爛連數紙初紙記乎乞曾浦龜玉數山谷亦
未見曾遭穆父鄙後人况肉眼孤鼎得者名叟龍
七百年天豈憖遺此令日復何日所遇亦天使未
能尋文讀且以指畫几嘆羨及末卷題識驚娓娓
名街十有六尚漏薛劉米西臺與祁國緒論甫先

啟同叔相諾唯公卷特詳紀此輩推名流逐逐到餘子非惟致贊頌流傳悉源委譬群介輔賓傳命以成禮譬徵十朋龜信吉無餘擬季子肎欄致我詩系其尾南州肎勒石萬本播不已不然此絚者狐注安足倚

嘲雨

雨澤之所至千里為其方其落萬萬注河沙數微茫方中高低田多少落不當高者少莫潤低者多洒狹雖有利物名功過不相償落之徒勞勞所悲

亦穰穰何如一輪月分影不可量一處有一月一月散千光只譬一州城萬人住中央一人一觴酒一月照一觴一觴吸一月人醉月無傷月自行中天不驚亦不忙房杜昔為相秉紳坐廟堂天下屬默化熙哉稱有唐安石似道輩瑣才事更張聚斂以為政戕民蠹宋綱君子與小人於焉觀否臧我方坐雨戹斐然成此章

謝項郎中文祥寄笋脯

浙雨溢山藪竹萌竄無地土人饕頓頓腸胃當厭

飫吾蘇少其祖数竿破俗藝有茲重見孫豈敢屑
鹽筋知味聊耳〻僅免煑箸茹愛我愛日翁脯腊
富衆寄蒸爚得火候法燹野衲治新鮮色莫黯纂
纂玉縷脆烘日不過熯着鹽未多漬嘗之信清珍
吃棒元修避余生本骨立滋瘦忘所忌客佳稍出
供薦茗聊三四還咲湖州饞不管傷幼稚聞君苦
痰疾日食不妨嗜醫氏曾有說性可消膈滯絲分
固知義推己感念至

答明公送椿弟

山僧藜藿腸采拾窮野味靈芽漆園種新摘帶雨
氣鹽烝嫩緑愁日曝微紺瘁裹綫聊搵許珍重不
多遺仍傳所食法且囑要精試兼烹炙嗖井水亦
惠山二及云性益壽甫與菖陽比香甘流齒頰食
過蕨吁嚱山僧苦薄相折此八千計本昧吾儒言
方長仁者忌

過長蕩

泼迹過長蕩識此平生始春流方滂衍曠蕩彌十
里若葑薉層雲敷芽青擬〻正如一明鏡欻蝕銅

繡起西山欲臨眺掩却螺髻美山亦拗怒去南走太湖溪羣勢攤疊浪爭捷互排擠我恐先我去揮手喝止〻湖山四面好轉側皆可喜此面正佳絕扁舟載西子芳洲有隙地肯賣脫紫綺移家非丹砂盺好在山水

別友

青天一明月白髮兩扁舟各舟載一月遂生離別愁明月鮮隨人〻去月不留豈月管送行今古長悠〻道路東復西行人幾時休一月亦多忙千方

相應覊舉手謝明月浩歌過吳洲

湖上襍言

縱目極遐曠水嬉湖中央青山載白波上下相低昂俯首愛雲霞零亂隨蘭槳悠悠遡空冥忽忽起景光宛宛漢臯女落鴈懸微茫可望不可即相思如水長

和西厓閣老止詩詩韻

厓翁病煩詩作詩告中止畏影逃日中說夢在夢裏引戒自設難譬嗜麯糵子況和淵明篇止酒情

無喜詩翁幹造化萬象欻胷起浩蕩天地間固無滅象理頎自要播弄操縱一由己群公罰雖嚴魯盟已寒矣云詹未卜屋云至未及溪因止詩轉□請撤鷄酒祀

溪館小集

淵明叙飲酒湯衍十七篇酒中有深趣微言不能宣有言亦爲贅陶〻存性天吾雖量不及淺深天各全諸君信醒醉無孤風月妍鳥哢庭前樹飛花墮餘蹊客去無所娱曲肱吾且眠

齒搖

當啓一齒齲將脫根槎枒棘舌妨噍食致憂豈去此動搖苦浮危軼出柰參差疑口常沮敉比眼如礹沙山水失咲歌日夕存嘆嗟終知莫附斷且恠久戀車潛々滋流泜數々撫斷槎欲扳涉稜諸希盡闘棄餘聊存徒爲耳卒去何快邪大似孩酷吏作孽隋公衙還如敗劣子鶩外莫安家但滑嘖一噎蹉落從餡餅嚼肉補空竅呼酒洗谿厓撚鬚捫其餘我輩樓殘鴉作詩尚有告伴老衎歲華從邁

勿以類留二學呂諍湖鄉堪養老鮮美多魚鰕

田家咏

久矣居畎畝遨如遺世人地靜習雖陋野意還自真怡〻晨夕間言笑諧四隣有作相告戒鳥鳴知及春犁鋤假筋力竭勞供有身〻在勞何息頤莫養精神服氣能代粒希仙渺無津家業信難易樂以充堯民

其二

我畝蕪且瘠我隴磽不平發嵗奮乃功東作覘西

成捐々佢白頭乘耒日經營稅傭及時畢辛苦勤
手程但餘秫一斛酒熟惟已盈醉引畊田歌不復
忌高聲願隨天風吹々達　九重城劉瑋啓此調
千載遺令名

廿五夜戀歲

與歲別在通五日即告終三百六十日瀉過亦匆
々餘此知莫留須忽迅飄風譬若杯酒闌客散堂
欲空強爾拉老兵緋徊忍惟悰把筆構短篇燈前
攤裊翁裊翁類歲事微吟搔鬢蓬

其二

行々歲步止窮冬以爲期此地知必及如料封德彝三時頗舒長杪序何倏馳天道本忌盈代者亦相追惋々逐新節拜賀集羣兒老抱殊默感兒童安得知

感興

世路多屈曲拙夫妨直行勉欲就此軌未忍枉平生不如且畏足靜坐羣慮清莫頤蠻與觸了不知紛爭莫辯夔與蚿多少亦自平持杯洗浮雲太虛

極高明

貧富吟

貧富限世分，高下莫均一。富者詫潤屋，餘潤及銘

革。貧非止赤身，躶死至無堲。苟云可採致，智士豈

無術。寔然覩無物，二者何得失。

方水雲過竹居

嗣然學仙子，浮遊大江東。落落三年間，始喜一載

逢。皎皎衣白葛，我我戴芙蓉。造我修竹下，自開床

頭甕。叶笑歌杯酌，次揚聲動泠風。衝我事至道玄

默與天通欲學知不易梟顏無故紅明朝返笙寉無方追往踪

別岩天道院

琳館愜清賞樓居俯城陰高竹間喬柯幽默自山林我本艸澤士不諧市俗心能来弗緣招忽去亦莫尋翩〻拂雙袖飛雲渺秋岑

題梅贈友

芳姿軼美姝姣服臨崑山植玉以爲體含貞心獨幽明珠落佩纕頋盼輝光流豈無桃李蹊捷徑非

所遊君子貴有後結實在良時叶懷寶恥自獻罔

馨當有求

擬一日復一日

一日復一日一朝復一朝青春不用推白髮不待

招漸見襁者大還催大輩凋借問學仙侶此閑果

誰超神仙本冥冥其言亦寥寥獨有姬孔業天地

同遙遙

擬昨日一花開

昨日一花開今日一花開但遇有花日酒到不敢

推花亦勸我飲飄落手中杯未盡昨日歡今日還復來富貴不如花時去無載回君不見昨日一花開今日一花開

君子堂讌集分得上字

高堂俯闤闠所喜得處敞門內滌塵襟幽然山林想左右饒茂木覩禽度幽響雨至微風俱兒時當長養朋從非一方各各慕義往揖讓禮數周言談情慨慷主人金閨彥忘形尚吾黨操詩偕滌酌請大縱嘉賞咏歌清代開允著太平象雖有東封書

齋居燕坐

齋居過雨淨燕坐意良愜習々風吹襟飲酒獨淺歆勸飲何所有蕉袖舞長葉悅目何所有梔靨咲素頰姤幃了無禁淂々自姫妄々境一粲破真樂從酒攝真妄俱茫然且作莊生嗒

白茅顧氏種荔枝成樹有感

人傳顧家園近有閩荔栽始聞湯竦企果否兩莫裁閩吳地殊懸此物胡來哉彼此氣各偏炎寒亦

雜諧淮南不宜橘冀北不宜梅物固産不通性與土相乖耳目自爲仳于懷日俳佪問訊昨走奴已遺仍饜詒及返有所挾幺枝葉蓑〻葉次綴小蕾含黄未成開事固有變理孰常哂吴獃兼能述所致安瘞椟偶萎今本已拱把森然暢條枝去歲實垂成隤落惜瑰玫根氣恐未充加培如保獉[illegible][illegible]巳在眼香甘早流腮老夫胃有以南氣其北來先從艸木見造化有胚胎厥初限荒服雜與玉食偕漸虞道理近有以滋味媒置埃當未免又見飛塵

碧梧蒼栝之軒 有序

吾寢之前有屋甚虛明屋下有一梧栝並秀于庭因名之云

吾軒陋無取賴有此嘉樹梧栝各一植當前聳介希正比雙國士裒然在賓阼我是軒主人對越自朝莫讀書接葉下小酌亦可具緋細美華月涼影亂瑤璐疏繁來冷風拂亞濕清露始信昌黎公喜爲五楸賦我初作軒時自以偃息故軒樹本無因

偶合亦有數以樹名吾軒以物表所遇樹色如得意我亦成其趣梧古枝相樛偃蹇抱貞固梧身聳而拔未可限尺度遲彼鸞與鵠引子來相附時時掃螻蟻霜皮慮其蠹但笑三千年羽化我當去我去空此軒當為誰所住軒亦空此樹當為誰所顧存亡俱冥冥天地聊一寓

祀姬給事婦葬

惟昔永樂初■皇帝治明堂聚　蒼梧野孫挭擷豫章督以給事臣若曰伯善行叶公素侃察聞有

辟浔激場譬如　公輸子材悉良不良此行固[illegible]天
簡公亦喜自當握節揞八挂伐鼓官船楊惟木彌
萬山許材不計韋昂宵及犖蹬乃遷於棟梁此處
瘴癘地氣候日不常公病即不治骨肉懸江東叶
無人事後湲其魂悵彷徨枯藤束木函一殯六十
霜嗟〻榛鶴輩祖死而後生叶但知彼有殯不知
在何方坐輒向西南行六西南望叶雖劇返葬心
日月何茫〻無財亦無時猶盲者無相叶天實使
湯公官廣得其詳書報在全州湘山寺之旁如因

易文母始知墓在防二子讀書畢哭踊如初喪搸行不撐日即月累餱糧鶴云兄當往小弟力頗强此攪所不返不復載見兄叶出門當嚴冬雨雪淵大荒九溪多鼉鱷鼓濤播舟航五嶺饒虎豹磨牙引餓吭鶴行無恐怖孝至膽氣剛達彼全州境入寺悲荒涼宛然三門側有垤記其藏拜之號三遶聞者痛肝腸發函升輀車奉還萬里鄉白骨猶載肉樂歸所自生叶藹[illegible]桑梓里蔚〻楸梧岡得從先人兆如齊返周葬叶况與元配合孤雌成鴛鴦

劍遂合延平辟不滯咸陽劍辟不自能良籍人所將嗚呼二子者生死有耿光嗚呼二子者古義行于今叶嗚呼二子者頹俗亦可興叶虞山若增高琴川若增長

詠費彥傑還釵事

淮安新城下交易利所在往來日萬人財貨溢閭閻道上或有遺一錢尚尔愛老叟費彥傑早行足若礙俯拾黃金釵耀目口叢嘈乃詰傷居人經此何遡艾衆云未始見〻秖有輿載恐是帷中脫去

此尚未邁費追逾阡陌氣喘力良憊止輿問何失冒莫有所忘輿女驚其言撫髮乃覺讀搴帷出粉黛便即就地拜還釵叜疾走更莫延少話女却扣姓里荅云不足芥無姓住亦遠欲知將奚待我亦弗汝詢彼此付曖昧此事常有聞但慮斯言讐偶與叜相接詢之乃至再叜咲云雖有宜還無可怍嗚呼古人事喜見行令輩揆今寔謂奇蜀日犬乃吠在叜似非雖在衆則難違義利寓人情要之得其裁吾詩爲叜發庶亦存俗戒

薙艸行

除艸本薙盡根子互生成請觀耰鋤後私得雨露情庭除日夕間衆綠復交盈蘭蕙皆滅迹蕭艾惟得朋中爲蚊蚋居虺蟒亦橫行濕積地道斂氣惡暑勢蒸陷足罥衣裾賓階苦趨迎每被客嘲誚愛物實沽名不察僮奴嬾亦奈易叢生朝來奮一薙頓令心目清聊快頃暫間未保終絕萌因以悟小人雜去類相縈匪特去云雜尚有怨誹并從繇謝庭艸無心信衰榮

吴俗火葬

火葬壞吴俗沿愚罔知教體鬼輕父母死即舁野燎何異焚人翦亦類儀渠燒古歛以週身致慮防臭暴後棺盛之槨厚土事窆壽區〻人子敬鄭重寓私孝撫師慘掘焚齊人愾敵放子豈忍父母炮烙曾無覺有侯憫其弊古訓不可弔闢圜號淵澤叢瘞周四塡士庶尚有言地局寧盡窖其言聞之公擊節嘆且發吴愚不聪明耳目塗泥淖譬諸黔婁衾不足我奚校我爲名教惜檍埴聊盲導虐死

苟無覬逸生馴亦要勿謂一燽微大惡由茲造

閒居四時吟

白日可形指青春蔑迹尋不應有開花還復有鳴禽何物裊颯翁樂意亦充襟浩然不能遏登臨動謠吟謠吟侑杯酌花鳥同山林一暢太和氣載鼓康衢音捫心自有會求知非在今

其二

赫暑薰永日衆皆苦煩酷林廬賴溪次茅茨非厦屋門前蔭重柳簷後欝滌竹無風氣蕭爽汗瀋免

決肉尚可加白葛喜謝裸裎俗晝靜茶瓜餘攤書
教孫讀既倦還偃息夢寐亦清淅

其三

秋涼我所愛人情與時宜因念康節言還眷康樂
嬉杖屨足濟勝出門隨所之舉睇達遐邇山水陳
高卑洞庭吹白波落木不可持我特覽明鏡因之
悲素絲素絲不復玄物變感有時亟欲學神仙早
憫氣血衰羨彼南山色青青無老期

其四

砉々風木踊靡々霜艸白弊禍氣不溫坐擁簷間
日大兒輸租還升斗告既畢區々誠庶勤萬一荅
帝力簷陽歷飛烈倏忽燈火夕光下目尚見展絲
編年冊其迹類歲功乘除無紀極非徒遺永漏亦
足知往昔

送周文襄公乃孫廷冕以畫像驗塑還吉水

玉田亘江東撥賦億兆計其多由寸入所在敢遺
地　太祖太宗時稽歛或未倫儕狀信長屬饔公
飯私費習久遂玩刑忘身殉于利逋逭八百萬空

牘勞記註歲餉常不及日究常不治文襄應簡
命安濟受斯寄公知法禦患法疏患乃致誨盜在
惕藏匿駕在失御盡斥宿漁手令民必躬輸升斗
舉在公庾儲役官涖登積充舊與罔耗有攸裕所
羨亦不營陳因年相次户庸及公需凡百資其出
于時民樂生　朝廷無顧慮斡轉一時機掃蕩滌
滌弊如罷之阽傾援拯暇不遽革茹謝苛猛振蠹
生民哀公薨五十年遺政已莫據後繼亦多賢措
設各有異遡惠不可誣于久乃有祀廟貌欲追惟

歲月蔑者記公姓携繪影按之求肖似外肖衷未肰有愧六二比才局負心胸仁義具肝肺智譎周聦明力量發意氣不肰是非間耳耳第三四我喻操鏝工斯浔謂能事工答毋深求神搬不載世我間發咨嗟時哉則殊勢秋風振江介白露艸木瘁遊子思故鄉懷圖渺西鶩往矣不可留欲贈言莫既

脫齒行

我齒食所系食以系我生齒脫寧不憂其系本非

輕近來漸脫〻脫者盡之萌既脫不復留〻〻者亦雖撐留如泛虛槎脫如鑿深坑編生如相輔豁一傍須崩生食原相資令作水火爭妨食生必妨死理端可明完業譬大族恃子在守戒其子無錮心先蕩黃金羸屋售總失居田鬻還絶畊溝瘠誅在眼身家同一傾觸類有攸感我賦脫齒行

庭前有疎竹

庭前有疎竹楚〻青玉株長身何森竦貫直無曲迂雅淨合吾志還愛格清癯不似松與栝蓬鬱多

髯鬚風起月作影心耳為之虛十年存保護遠意
托生竿物脆時莫待蒼黙根葉殊老朽不足截何
以承吹噓

方道士還冶城

僧順嘗有言惠不在天上但行即須到此氣何勇
壯水雲黄冠流詩酒散清曠十年落東海故國隔
西望亦云自不歸要去誰我障配順足有餘天地
納豪放今日金昌亭風緊秋葉蕩留亦無不從去
亦無所悵吸我白玉鍾仰面月相向酣歌一掉首

雲鸞渺仙伎

周節婦孝感

黃氏十九時歸周文璧氏二年文璧喪翁惟一女恃有姑思痿痺其狀莫比儗有肢如無筋有骨如無髓在床如空中有身如蛻委日夜但寘寘僅有息存爾聞聽與觸動稍及即欷死驚地方擬步通問必附耳艱難食溲次不敢托諸婢百藥無一効百累蔽一已黃氏心煩惱惛惛不知處東家優婆夷憐憫為黃語汝姑溺苦海汝知故何以懺業如

五山宿世所積累須仮大勢力南海有大士解難
說真言功德莫思議但要深心持日〻要如是一
言一拜扣億又八千数在佛雖有程敬愛無庸紀
功深果報近何患〻不起莫氏聞是言煩惱生歡
喜潔室便置像恭敬為作禮沐浴體投地心觀口
娓〻如不知其終亦不知其始其不知其寒亦不
知有暑閱日千八百歷年數得五俄夢見一姥前
黃行迤邐心謂是現化稱名略不頓極力欲追即
步〻縣尺此逐入一區廬閭戶若相拒欵扣叢躡

涖其户劃然啟菩薩示妙相金光爍瞻睹頭上珠瓔珞晃々復蕊々蓮目垂慈光宣言啟玉齒黄氏前締聽合掌作長跪云汝依吾道悉知慈見巳慈悲為我恩豈無屬付汝循功加精進九日一扶倚七九扶以行前及我處所覺來汗淋々其言尚在耳悟佛為衆生方便指門户信心愈堅勞額破吻俱腐臨目試小掖筋骨覺可舉屢試屢無難還能步移跬々于諸象前奠香致情旨其姪從空躍踰溗而直下乃著於本人正中頂顱裡其聲若驚霆

其勢若擊杵身心發震竦百苦悉皆去如風卷天雲不復剩渣滓如春活枯艸如氷化為水親黨盡来觀讚嘆世無此始謝新婦力脫我出死簿新婦荅何功菩薩威力故此事聞其甥王倫能覼縷常虛氣治瘵若或有仙技黃氏孝治瘵專以誠為主格物與布氣非誠莫相與孝有致久旱孝有致氷鯉事本出非常未可論常理我特書其孝勃谿用為戒至今崑山人大書播邑史

送歲詞

舂米夜作糰送歲從俗用千年年萬年例千家萬家共歲去還自来送者從鄭重初謂人送歲終反被歲送人於一歲間過眼我悲痛送盡人不知處歲若處夢我有同室人今年室已空

弘治改元〻旦遇雨

元旦未及春東風意先蘇風来纔零雨和潤物皆濡助我　新天子沛澤彌九區河流亦傳清　天與　聖德符賢俊日拔庸治道務精圖堯舜不異人政化無兩途我衷在畎畝感激舞蹈俱告戒各

努力勤畊脩公租黍穰多充舍淵靜無驚魚上下
信影響餘生幸予〻

黄應龍失去思陵勅岳飛殺賊手詔

東崐人來言有賊發子帑意非摸金手必是採樵
黨不然尺一紙何足厭貪掌思陵洒此翰破朮勅
飛徃當時君臣際天地相俯仰知任觀哲明眷注
加温獎功寵致忌殺忠義果足伏君心在遺墨一
讀自炳朗矯害証逆檜滔天信欺罔此紙後不傳
何以暴所枉錮兮秘密藏何爲世標榜天意流無

方假盜理可想留各恐違天水火事或備物豈久戀人物亦有精爽使之一人傳所見目惟兩盜去轉相售售々萬目賞存未爲子欣失未爲子惝惘予不平懷詩與發浩蕩

憫禾

薄禾今兹計狼狽尚栖畝借問胡爲爾先時已離欲五月風雨大滿潦畀莫受田稺俯就沒濁浪抱其首排濯灕蕩閒性命存亦苟天日赫々出水熱烹群醜二日色已變三日蘿在臼我時往撈觀覬

活從中剖心存根已撥欲棄雖懈手欲拯卒何及愴食內若疛掘土室滲滕倩車仰隣佑督庳靡日夜救死豈容久併力役老少足覘筋亦料水面青釬芒稍出九死後氣力與生意委頓類產婦一々補傷爛行々十八九過時强經營安望如常茂事多於悔禍始晴終變偶七月尋遺風弱本被掏揉折處氣當沮虛房但含滲間或見成穗秃稭卧敗第何能畢公租亦負穀餓口對此叢長咨细雨決康酉楞腹不堪鼓併欲歌止酒

香谷爲蘭公賦

惟蘭生谷中谷香自蘭生如鄉處君子遂稱君子鄉經云香界者因香界亦香頌言固根柢雨露叢天芳勿隨節所化歲久持其常

西山送葬

早行度西嶺野色莽四頳天氣亦蒼茫前岐欲迷誤狼藉亂石間雪迹尚寒泣危峰掛落月初日赤出樹飛旐引輀車迤迤從西鶩匍匐會葬人越邑多親故送死還感生相循等朝暮知生不可持頃

暫聊爲寓

人日喜晴

今辰謂人生風日佳可喜七居陽之正宜云造物始占晴協陰吉其兆比君子霧雨忌爲陰小人象斯譏君子履于祥歲事無不舉小人道用晦顧有菑害倚東皋動春風强健供耒耜持以告吾人毋憂徃時否

崔孝婦

孝婦視姑疾轉華心彷徨潛以肉代藥誓爲續命

湯存姑若無巳剸刀若無傷臠落痛不入人知云未嘗皇天助肉神一啖姑下牀子激哭其創掩口使勿揚汝揚我則過違教理非當肢體具父母兄全孝之常此盖迫不忍事出倉卒腸復有窆親地旣爲豪所攖埽壁須大力婦人本何遑振我金雀釵脫我明珠璫別壤吉可買把骨改其藏憤懣終莫釋悒悒致殂亡豹斃尚遺文蘭蕙可傳香孝婦雖巳矣令名身後光

生朝

玆辰始度卅眇然留我形良荷生育德允合天地靈寓品彙稱男耘耔充國丁衣裳貴其裸歲月假以齡駸駸及朽腐艸木自林坰隙光感多閲傾水莫返飛承流且云適數止我自寧

祝惟禎悅親樓

翼翼者新構雅朴謝華宏林木相屏蔽良除風雨驚流觀山水遠坐攬雲日清奉親於焉處曠懷無俗攖日集諸子姓進酒臨前楹長少互講誦鄒魯在家庭引杯即酣適慶樂天與弃悠然一門事可

以占　國禎悅親扁親筆大字書楣甓大篇後申記言自心爲聲設使子有爲〻德涉驕矜子能使親悅上下究通情子令粉署彥敬養由至誠所樂求親心保身修令名所樂求親心亦復致封榮所樂求親心亦復資鼎牲滑心復滑色此孝古難行誰家無高樓〻上絲竹鳴誰家無父母鬓白苦營營斯獲在天地爲子可作程

補屋篇

先人有遺構宇我逾百年壞久莫除雨沾濕狀頹

編欲葺今頗喜賣菜得衮錢搆者良似易葺艱方惻然仍感寒薄士卓錐莫夤緣内省既自幸見獲受一廛且免歌中露淂魚敢忘荃守成固在人成人尚在天〻成人不修淂之復自猶老馬强爲駒歲後終怯鞭棰危自苴補惴〻求瓦全曝濕保後讀子孫惟勉旃

題吴瑞卿臨王叔明太白山圖

我家太白圖太白於烏倫山既淂其高林亦淂其邃天童古佛宫盤〻真坤位佛爲山樁嚴山作佛

布施撐勝啟道場佛子良多智千樓絡萬閣許出毘盧抜飛甍揭烟霞孤稜目星吐金壁足輝映時復交嵐翠重峰與複嶺附綴喻肝肺雲去著撐天雲来若無地自天設此觀天下若無二松行二十里幢蓋碧相庇方池落天影何年萬工治神泉及樂石瑣細各具類两溪貫其麓深圯鎖三四遠近羣小山趨拱左右至如家有嚴尊爲從許幼稺路入岐而一宛轉仍迤邐包錫走緇流騶騎或官吏翁荛亦絡繹明滅見隔樹千時及高秋衆葉霜所

被青紅錯顏色巖谷更增賁按圖指歷歷如讀銘
錙記引紙僅乃尋顧有千里勢作者王子蒙品高
見超詣出入右丞筆緣踪究其自想居此山中不
以歲月計遊觀穩心目思到方位置乞我日卧遊
不用襪際繫我藏三十年客未輕示吳生學丹
青不但許能事久已知此卷未敢言借視我既察
其色一出厭所嗜初見目不狄張口嘆且悸絺玩
廢飲食十日得恣意然後敢舉毫舒素敬一試揖
揖迨三月極擬加精緻便欲無我卷後輩豈可易

但恐有豪奪亦有造化忌我自襲我眷子當亦自
秘

聽玉爲程元道賦

竹謂青琅玕其體本虛靜風來假之鳴因聲乃生
聽琮琤淩琳琅環珮湍三逕冥心齋中士聲耳兩
相競緣聲知風風端緣風知竹病要知竹有音不待
風命令簫竽鼓天和中律雅而正

畊樂

良家無外慕躬畊修隱德康康東西畝宜禾更宜

麦迹勞不自悔志靜乃云適淡茆荊溪滸清幽多
水石西挹銅官秀右滙太湖碧林春鳥雀鳴鄰並
戒作息和風拂田穉蕊蕊行役粒兒孫候帰来竹
户燈火夕引觴澇雲醉偃息就北壁所得還自賀
不敢忘　帝力

和文太僕宗儒留別韵

人生一離合匆匆歲月邁青春與白髮種好增咤
喟君子務久要迹曠心匪懈請喻江中水澹泊味
長存兹辰風雨横来鷄鈍莫快童子認舊德殷勤

潔塵癖雨亦通人情收脚漸微洒頤我有老母將筵後加拜展燭話夙昔賸與生客對佐酒無魚味情留日須載雲天看君遠林壑信我晦清懽滿在眼萬事不須嘅

冷菴為陳憲副粹之作

不信冷菴冷烜爀居臬司又信冷菴冷政令行秋威凜凜西江風冽冽州水知臨險不栗股當震不栗肌但有霜滿面今復雪滿鬚追老坐真冷綈袍誰見私

汎舟橫大江

汎舟橫大江流止隨西東前頭望後頭望連峰客程渺茫茫行雲無旋蹤霜露霑我衣覽鏡慽容

贈陸汝⿱吅夗

飢渴及哭笑萬萬人一致何心萬不同父子或自異聖人不異人心獨有仁義聖心將孰同浩浩配天地物物慨莫齊莊生費文字

自甲浦道太湖四十里見吴香諸山喜而有

作
清茗達宜興道湖已成矣僕夫卻告難風浪卒莫
玩觔我陟山麓正爾免憂患彼此有得失我臆殊
未斷譬山行見湖聲〻極浩瀚何如行湖中坐見
山秀爛僕尚請決筮得需利在彖毅然促飛檣猛
進不復懦探穴有虎子履險獲奇觀出浦即會滕
列嶂擁一岸遐思攬吳香安意覓仙愓犖犖西若
監巨浸東罔畔天謂湖太滛設此似按攤雲濤日
衝撞石趾力抵扞輸贏各無能兩壘對楚漢戒行

鋒鏑間便以老命判山疑相慰藉逐逐笑供戲始
有舟楫虞盡被山破散山亦有情狀要我綺語讚
氣聚勢則附形散脉復貫遠近相衍迤中自存博
換雖靜有動機萬態紛寰亂虬龍徐蜿蜒獅猊悍
奔竄夷突各不一小大略相半正展芙蓉屏横亘
蒼玉案晴縠縐日光莫熨錦繡段金庭與玉柱遠
美波影粲歷眼四十程續續青不斷平生詑傳聞
詢美非漫讕修辭聊梗槩歸憶庶可按

悼劉協中

先參負文豪喜子紹前志總角美古辭緯有高遠
致雲軟及泉湧思鋭不可墊落筆驚鄉達翔聲聳
朝士聰明累多病冉冉精神弊玉芝折孤莖吴嶽
失靈氣前後千萬年浮生秖暫寄廣大班馬程發
軔聊小試奇才固難生生則天後忌遺章可償壽
尚爾不朽恃紡恠語不祥往往寓感[illegible]色慘花當
萎鳴悲鳥將逝茫茫修短數豈亦容人意不應老
鈍夫頹為英俊淚

石田先生集

長洲沈　周啓南著
後學錢允治功甫校
陳仁錫明卿編

七言古

中秋賞月與浦海正諸君同賦

少時不辯中秋月視與常時無各別老來偏與月相戀〻月還應戀佳節老人能得幾中秋信是流光不可留古今換人不換月舊月新人風馬牛壺

中有酒且爲樂盃巡到手莫推却月圓還似故人圓故人散去如月落眼中漸覺少故人乘月夜遊誰我嗔高歌太白問月句自詫白髮欺青春青春白髮固不及豪擡酒波連月吸老夫老及六十年更問中秋賒四十

春帰曲

今朝三月三十日問春果是明朝帰春帰當尚何處去春亦不言花亂飛東家蝴蝶已無賴强逐遊緑楊落暉青樓粉暗女子嫁朱門烏啼賓客稀春

一去萬事非臨岐更把一杯酒愁見墻頭梅子肥

留客守歲歌

請君勿思家相將守除歲誰家守歲同故人惟我與君開此例作詩送歲君有篇買酒餞歲我有錢莫嫌苦與歲留連惜是明朝已隔年本急歲華還急客亦惜明年又南北歲來歲去自無窮客去客來頭漸白白頭無春風且映燈花紅燈花落處天拂曙君起云歸歲亦去歸家馬蹄急如飛家人闌門訝不歸

経尚湖望虞山

日午放船湖上頭虞山隨船走不休高雲仰見出翠壁飛影下接滄波流青林人家隱山麓鷄鳴犬吠聞中洲鷗鵝群棲竹葉晴蜻蜓特　何花秋蓮歌漁唱尚互答落景在樹猶遊小舟爭渡各先去獨逆風波渾不憂

題沈履德遊湖雜咏巻

朝看湖船出暮看湖船還遊人趂日不問揀雨晴雪月何曾閒舉頭看山低頭飲唱歌小女施花顔

湖山亦來照湖水一鏡瞇八千螺鬟便可斗酒詩百篇更躍絶壁鏡其顛青山萬古湖萬古歲月但與遊人嬉昨日遊湖人今日埋青山青山與湖同玩世盡把少年勾引者者删君不見白樂天蘇子瞻二公不能再為湖山起虛名空掛湖間我當把湖醪酒日日醉豈被紅顏白髮相欺謾

暑中寫雪圖

六月添衣喚童子自畫雪圖茅屋裏玉花出筆飛上樹檪澹陰山無乃是老生放筆恣自笑顛倒矣

人八集

涼聊戲爾門前看客來借看滿眼黃塵汗如雨

暮投承天習靜房與老僧夜酌漉和清虛堂

韻一首

臨昏細雨如撒沙城中官府已散衙空林古寺葉
滿地牆角僅見山茶花繫舟柔櫓渡沽酒希簾尚
曳河西寮老僧開門振高木宿鳥續續番鷗鵝樹
寮竹欄古且靜人影淺亂燈含瓶殷勤小行頗展
敬釀酒莫及先烹茶更添香炷徜清啜坐久不覺
蒲牢撾三杯破凍聊爾耳俗慮洗滌細入[illegible]

歲月驟散過撫事感老徒興嗟淨方頻來亦夙契
敢惜片語償烟霞

慶樂園

太師本是椒房親竊弄何憂天下嗔喜把貳卿酬
佞客怒張一網打宗臣臺喋給舌不敢劾姚李無
言盡門客珠翠夫人襟內嬪烟花甲第齊雲擬轉
眼豪華一夢驚葡萄零落犬無聲也知竿首甘心
死得與朝廷謝壯兵

除夕歌示子姪

去之歲來之年一迎一送燈火過迎新送舊大家
事覺與老者偏無緣黃鷄未啼霜滿天一心百感
惟愀然小兒自喜時節至催理靴服詐新鮮固知
老者已異趣青春似因兒女妍青春懸老不多地
白髮紅顏俱眼前去之歲來之年譬如傳馬相絡
繹又如車輪相回旋誰從箇裡覓不死燃氣苦々
修神仙我於所去已五十其來如歲亦倘爲使我
五十不爲夭使我百歲不爲延尚有大兩去者與
來者在我先後計萬不計千其間豪傑夢肉耳矣

冥漠〻真堪憐惟有青竹數行墨待來進去名可
傳勸見必讀床頭編莫惜買讀吾無錢男兒所立
須及早老夫代爾耕春田

泊百花洲效岑参

長濠春來水如涵吴王昔日百花洲水流花謝三
千秋古人行樂令人愁泥〻細雨停孤舟岸上人
家燈濕楼紅簾火影照流還聞吹簫樓上頭客夢
不驚飛黄紬翻黄紬夜悠〻拂吴鈎賦遠遊

和張光弼歌風臺韻

大風起兮雲飛揚遊子帰来尋故鄉〻中父老認矣兮會酒撃筑歌慨慷載歌載舞未為央留之十日未為長暢然草木尚有感満眼故舊情何當丈夫志已酬咸陽壯心何用泛数行四海一家何論沛猛德何法守四方千秋萬歲邈在後魂亦不帰天地莽高臺已夷烟草黄樵童牧豎談漢王

莫砕銅雀硯歌 有序

草窓劉先生嘗賦銅雀硯歌有云呼児開匣取長劍砕硯慎勿留其蹤讀之知先生

疾操之心發之於言君是之烈也固懦夫
不能不失聲於破缶故作詩鮮其怒而願
有所存也
扶劍砍尾々碎何用啐啐於瞞莫爲輕重不如掣
取太史筆青竹中間削其統老瞞自欲瞞春秋公
議所在人馬屢尾痕雖罡漢正朔心實無漢虛尊
周鼎存此尾長作硯猶因予墨點瞞面漢賊明將
漢法誅千載炯華清滌讉古云不以人廢言々如
可存尾可存識賊鑒亂於人[illegible]尾無可惡々在人

嗚呼莫将人亦併案罪我為題詩救其碎

題中興頌石刻後

有冊有冊一尺畸啟閟重是磨崖碑平原太守氣骨壯殺賊餘力存毛錐千年白石耀深刻風雨不剥神扶持銅柱莫拔魑魅走鐵網欲破珊瑚搘快覩書法十數過馴讀其語增噫嘻君王愛色不愛國金錢買禍田洗兒長安洛陽要自陥法宮蜀棧誰安危嗣君雖然返舊物以得補失終磷緇此碑頌德寔揭過有家有國留箴規晴窗日搁不輟手

来禽青李生蛛絲

和桑通判平文〻山歌

两宮萬里胡雲黃三關四廣天子忙孤忠老臣老不死膏血幾時煎血耻天高欲訴術六歌手把怨葬濡天河天河不乾怨長在朝廷陵遲家破碎老臣已死鶴首存傳人流世自千年擊劍重歌雙淚前

光福

摩山西奔駐湖尾通川夾山三十里川窮小灤開

鏡光居民次水屋比〻屋上有山屋下水開門波
光眼如洗屏山橋畔晚市忙打鼓漁郎賣鮮鯉霜
前橘柚萬苞黃雨後楊梅千樹紫山圍水抱開農
桑樂土風光真畫裏三年潢潦我無家恨不移書
赤居此

烈女死篇

周家女子李家婦未嫁夫家但相許正如一樹未
開花分明自有春為主李郎病瘵兩年強說道今
年當上床聞來人語多不的口又藏羞難問娘只

對寒燈淚如霰為重爲輕果誰見此身空負嫁夫
名此眼何曾辯郎面阿娘背女流堂前忖是郎過
凶信傳烈姬重義輕一死貞女安心無二天通身
示孝衣裳白長練高經繡房夕在世鴛鴦不得雙
同到黃泉願成匹

烈女生篇

阿娘心悸夜不眠起來顧女如雞懸肉寒氣絕強
求艾引息微微吹碧烟奪鬼為人假天手天亦憐
渠能過厚怕教此義世無知不使其人世無有夫

妻未嫌本何私分在名存白日知何如死向白日下千載分明心不欺今載聊因阿娘活枯木暫回根已撥將心化石立郎塋表是郎妻刻妾名

胡婦殺虎圖

誰謂繞指柔能化百鍊鋼誰謂婦人柔殺虎如刲羊有女如鼠怨其虎況能殺虎非不祥脫夫之命豈佩此當熊之勇同肝腸尋常鍼線倦黹鳳卒與虎力爭其强虎時須得不須夫婦心須存不須忘手中有刀愛作刃以義濟之無敢當天寒月黑星

有光虎血塗地蔭蒼〻人生有行無棄陽

永淂清白遺後壽曺府中憲副

東家婦人買田地西家婦人置歌妓先生亦是婦来人完名怕著黄金累教兒但守舊節堂思賦不能儀可住先生高壽却賦人東田不存西妓去

画松壽大司馬三原

尚書府中松十抱直氣貞心不知老關中土厚根柢壯千年間生地之寶上參雲漢不屈身世間草木斯為表用之擎天〻久恃用之柱國〻永保伐

柯擊蘖擬頑芻摘葉指佞以堯草

鶻打雉贈陶將軍

猿臂將軍臂蒼鶻小隊蒐原笳鼓急驅蓁迫薄草木驚野雉衝人馬前突漆眸側睇奮脫鉤控拳攫翅筋力遒雉欲逋飛膽先落犀爪攫顱如就縛看人喝采和千聲將軍壓鶻自捨生剖心劙肝錦毛破五色花袍腥血汙

留蘇安道

東湖雨晴春水生美人載酒湖中行茅屋剪裁一一

夜燭論文説劍言縱横梅花楊柳涯春雨今朝撥棹湖東去呼兒釃酒緩歸心春亦未歸君且住

謝宋丞奉惠壽木

鄙夫今年逾七旬無一用世人嫌嗔讀書不成愚圃在耕田無收家益貧小兒造化苦玩吴浩蕩句謂無懷民何愁白髮不相放生死已辟晝夜循花前炙口我廻酒松下無言終古塵也憐狗馬有帷蓋安少一木藏吾身堂堂七尺我自玉烏鳶螻蟻誰敢親青城古杉一千歲天將為我留輪囷宋公

借力羈寄遠鯨波萬里來猶神質如金石堅可珍其文糾紐贓且旬霞肪暈紫香觸手昇入艸堂驚四鄰自公好施發天性豈以菲薄當其仁鹿皮蒼壁殊未稱短篇聊訓吾為人

送諸孟夫婦錢塘

昔年記買臨安舩來與泉石修清椽劉郎史伯及吾弟一舩四客如登仙諸君作我南道主湖山發別眉輿前談詩酌酒夜不輟吻焦目澁無數眠劉參人事等雲變舊遊一夢驚三年劉郎依[illegible]臨宋

嗟吾身掩玉仍黄泉感懷夙昔有零淚掩卷怕看
登臨蕭殷勤對話雜悲喜買酒取醉愁無錢空齋
停火照寒鼠古木翳寺號饑鳶明朝何苦又分手
拂衣長路開風烟朱顏白髮倏忽事人生離合真
堪憐

用清虛堂韵送艴菴少宰服闋還　京

三年抱樸違風沙歸家讀禮如退衙長髯已間數
莖白瞳睞明察無纖花鄉人廿載曠接見老少瞻
拜常填家怡然不煩亦不拒正猶茂木容羣鴉

朝廷眷注特虛要匪直鑒藻無辭葩要儀百辟重德度如欝須酒渴乃荼馳馳四牡不可緩我亦殷勤當執挽與君一別絶聊頓蛾蠡類學嵇康爬衰人載見恐無日未免握手成吁嗟時勤相憶但搔首仰睇天上空雲霞

送薛堯卿湯遊言登泰山謁孔林而迤邐求仙海上

堯卿棹頭狂且忙结束東遊如子長儗將足跡試天下三月已自儲餱糧出門長嘯振林木蒯緱短

劍秋風涼臨岐調我老不及登高健步如飛翔岱宗未到已在眼齊魯指點青微茫書生浩氣久憤激要倚日觀攀扶桑秦鐫漢刻多漫漶且莫苦苦求其章東封何有許功德文武未必能張皇惜哉君行差較晚燼後灑淚悲靈光是年闕里災素皇有道自六籍固是不死之仙鄉羽人丹丘何足問勿以汗漫窮荒唐丈夫汲汲在事業白髮須臾成老蒼無人薦達自陳列　朝廷求賢正無方頗聞壯事近擾擾毛雉未抵丈八鎗邉頭合有班定遠天下

豈無張子房山東李白恃必用莫自兩生追所亡
不然歸來且高卧共喫飽飯歌陶唐

雪樵題金山僧惠鎧

大江一箇黃金山大雪湧山變白玉山中琪樹斫
作薪塞破寒寮十萬束屋中凍衲四大縮燒之不
能溫手足却燒十日化爲水開門一笑春江綠

送劉國賓

劉郎面玉爭荷花少年經市果滿車金張許史不
教倩鳳凰令德賓王家平步爲仙五雲裡甲第歲

春天尺只笙歌催醉金叵羅七十氋氃扶不起治遊昨日過江東細馬紅粧山水裏家人要問山水處生綃搨取蘇杭去

王理之寫六十小像

王生見我精神皷脁寫今吾瘦于竹問年初及六十人鬢卅渾無半分福一味耽農百不便門前湖水漲低田餓來讀書不當飯靜裡安心惟信天隱服還勞郡守遣私篇或辱尚書和草木當衰不復真綫間座上两浮塵是非〻是都休辯聊記明時

無用人

看花吟勸陳世則酒

花下一壺酒人與花酬酢樹上百枝花〻對人婥妁昨日顏色正鮮新今朝少覺不如昨人若無花人不樂花若無人花寂寞看花不是久遠事人生如花亦難托去年花下看花人今年已漸隨花落花且開酒且酌催花鼓板撾芍藥醉他三萬六千觴我與花神作要約

割稻

我家低田水沒肚五男割稻凍慄股勞〻似共兩爭奪稱牙漸向鐮頭吐蓬〻篸〻綴青針稻既生芽米應腐〻餘割得尚歡喜計利當存十之五小家伶仃止夫婦稻爛水深無力取口中之食眼中飽忍見穗頭沉着坐波間粒〻付魚鳫一年生計空辛苦但憂兩口不聊生未暇徵租慮官府老翁坐對沉竈哭婆亦號咷向空釜雲昏月黑忘關門隔壁咆哮一聲虎

塊庵陳太常南軒牡丹

清卿南軒春有光點綴萬綠留紅芳臨軒繚亂雜
紛數楊家肉屏當面張南都根本元氣壯此花盛
德當推王天於清高補富貴人與草木寄文章春
藍獄筋酒飫口饕纓盡座中飛觴略無絲竹聒清
論濇有風日含新粧嗟予潦倒似滄文布袍也拂
春風香白鷗本是世外物參鸞附鵠來翺翔兩年
嘆惜俱作客自家一株烟草荒平章往事不須較
花〻有華皆洛陽主人勸客莫辭醉更言此會非
尋常為華置像保長在人間風雨當無傷

西山有虎行

西山人家傍山住，唱歌採茶山上去。下山日落仍唱歌，路黑林深無虎處。令人虎多令人憂，遠山摘人茶不收。墻東小女膏血流，村南老翁空髑髏。官司射虎差弓手，自隱山家索雞酒。明朝入城去報官，府畏相公令避走。

送歸燕

送歸燕，送歸燕，秋社今年又一遍。明年春社是來時，隔不半年仍復見。送歸燕，送歸燕，似把人家作

鄙傳來時不是慕富貴去日曾非棄貧賤口喃喃
尾泥泥意與主人相眷戀對語殷勤楊柳樓僂飛
再四梧桐樓中院中有賓客主人日日開高宴酒
杯去手易肺肝酒杯在手革顏面若將燕子比人
情燕子年年情不變

王將軍船樓歌

江南古來傳綺語江南畫船如屋裡將軍摠衛在
江北百乘高車馬千里五牙富貴地非宜雲海行
窩出新理揚川駿駛十丈蓮飛艣劈空如迸矢兩

頭簫鼓沸中流兩岸行人看如市中間紗幕開著風左邊設圖右邊史將軍受用通南北空泛西湖與杭壯還須笑咏載老夫收取風流追郭李

覽鏡辭

匣中青銅小圓月比月長明又不缺朝朝照我六十年初自丱時今白髮一朝見面一朝親老少妍媸認得真病來半月不開匣開匣頻然成別人脂膠兩眼迮失肉顋褶垂垂顴骨簇傍人誰道言笑是箇裏故吾何可瀆鏡神謂我瘦勿驚爾形尚在

天有情休文減帶圍本相撫鏡始覺吾心平

烏藤杖歌

烏皮襞積竹紛然瘦骨挺玉修且堅琉球怪杖老不死翁送海外誰爲緣洪濤躍過十萬里滑似龍鬑鬖沾涎饞翁杖之尚溜手扶持頗認兒孫賢傍人戲爲數促節百有二十期吾年明朝策雪入梅去桃竹不敢爭其權

瞎紡詞

貧家紡婦夜紡紗無油點火瞎摸草紡多手熟不

勞力眼雖不見手明白車搖〻半夜迯〻今夜不作無明朝来圖織布且换米早粥在鍋潭舍喜富家燒燭滿堂紅彈絲調竹喧春風紡車嘈〻只隔壁苦樂兩聲何不同

盒子會辭 有序

南京舊院有色業俱優者或二十三十姓结為手帕姊妹每上元節以春槃巧具殽核相賽名盒子會凡滑奇品為勝輸者罰酒酌勝者中有所私亦来挟金助會厭〻

夜飲彌月而止席間設燈張樂各出其技
能賦此以識京城樂事也

平樂燈宵鬧如沸燈火烘春笑聲內盒奩來往鬪
芳鄰手帕綢繆通姊妹東家西泒留絡盛粧殺釘
核春滿繁豹胎間挾鰉冰脆烏欖分撓柳玉生不
論多同較奇肴品裏輸無例陪酒遲絲遲竹會心
歡襄鈔裨金走情友鬧堂一月自春風酒香人語
蓉花中一般桃三千戶亦有愁人隔墻住
迎新送舊曲

鼉鼓擊龍笛吹阿婆接賓新人來新人來舊人去迎新送舊門前路門前路有曲直門前樹消短長傍人未說新人強新人繡羅觧金香舊人疎布秋風涼初將生死託未路受盡糟糠還下堂下堂畏踏來時路啼鳥飛花撩斷腸鳥啼恠道呼姑惡花飛恠道似郎狂寄語新人保恩愛三年五年當見郎

北邙行

北邙山下哭聲苦洛陽城中沸歌舞昨日歌舞城

中人今日凄凉山下土山下土無今古白狐寒嘯
髑髏烟青燐夜灼蓬科雨英雄異代不知名高封
大樹如掌平夷車轔轔日不絕後人来葬前人穴
後来葬着還應多可憐歌舞何時歇

長干行

與郎同在長干住自小相逢不相忌郎騎竹馬到
儂家當着爹娘與郎戲不道如見却嫁郎葡萄錦
被合帷床處郎不久郎作客去年五月下三湘三
湘一去無消息蛺蝶雙飛烟草碧春夢依稀蘭堵

將進酒

君不見人生百年駒過隙何況人生不滿百又不見來世世不可待往世不可追百年三萬六千日日日爛醉君何辭天公那得私人物頭上不可掃白髮所以知車眼落井底花太白手捉江中月金蓮蠟炬飛碧烟趙女起舞踏四筵美人勸客連夜飲似隱聞朝非少年新豐酒槽滴紅露十千一斗亦有數為君典却紫綺裘不惜更脫珊瑚鉤門前楊

花如水流入來愁人風满樓將進酒開君愁

煮石歌

君不見泰山之礴可液飲符陵之砂可粒食天與道人作芻豢故有五毋及八石雲根初截如截肪大拳小拳皆餱粮湘以玄水漬天漿火中三伏芙蓉香青山落庖廚謫星泣鍋釜道人餓腹如漏天五色一補齊天年道人之術許我傳我爲道人開石田

廋廖歌

折扊扅搵伏雌是妾與君相别時鳳爲烏桂爲炊

君方宴樂妾正悲百里奚知不知

三五七言

君不來〻何時三年一書札萬里獨相思瑤芳滿把憑誰寄明月傷情只自知

摘瓜詞時提學公黜諸生貌寢者

累〻黄臺瓜種者欲求售碌〻買食人揮美棄其隨大小各隨形正亦隨生滋味在其中包藏鄙滓明君不見賢妃囟頭女又不見賢相跛足子嗚呼

貌取豈盡爪外陋安知中自美願華一觴請君嘗滋味分明爲君死

用岑嘉州九日酧揚少府韻送姚存道

樓中一客作歸計滿座歡心復何有荷葉淩波十里船荷花勸君一杯酒君今儻蕩誇壯年我已蹉跎成老醜恨將青鏡劈破之免使世人知白首

題畫

黃鶴磯頭秋水落故人驀地相逢着十年短鬢話吳霜是非不暇論城郭悲江萍實待誰嘗老矣吾

懷思故鄉

題杜原先生雨景

老原作書遷法數紙上沉沉潑濃綠垂林濕葉欲垂地合磵流淙似鳴玉廬山九疊翠不乾秋影平吞此長幅借看真怕雨沸面要爲時人洗雙目滕王珠簾正堪卷董家破屋不可宿出門一笑青天高猶怯春泥汙吾足

漁舟晚釣圖

新豐酒波堪濯足塵土紅汙酒波綠粗豪飲客下

馬來三艇五艇行促〻何如並著春江船蒲葦紮蘆柳黃眠船頭封坐杯湧傳賣魚儘可供酒錢夕陽射眼拉柁轉江光貼天孤鳥遠

題畫卷

吳之為國水所涵有山平衍無巉巖我家多水少山處悵望翠微心所貪時能借墨補不足數紙連絡長番粘峰巒重複問溪澈穠樹列而多楓柟或開大壑浸山足其上半絕浮雲含僧廬隱映遠木杪平岡道谷出水南東村西落互親友耕鑿井

關丁男便須芒屐與藤杖聽泉採藥我亦堪陽關亭館誰擇勝雅許酒令并棊談嘗聞巴蜀天下險未可一徒尋鳧鷖爭長之興浩不淺感此老鬓霜鬖鬖聊因此圖識所見卧遊一生還自甘

題畫用東坡休字詩韻

野人心迹幽亦幽短髮白照湖波秋覽才固不在散地吾道已付於滄洲手中自保一竿玉世上萬事如浮漚江湖已遠不足問歲月云徂誰能留右不見長安得意者朝腰金暮圜玉名位豈肯畢歛

休

為翰菴臨秋山晴靄卷

翰繫菴中春日晡拂几試展秋山圖烟霏慘淡墨
痕裡遠瀨百折沙縈紆巒容江色開浩蕩扁舟雁
鶩人驚呼長安藥變造此觀氣味自是營丘徒其
人已化其迹亦流世直欲千金沽絕無粉黛假顏
色俗眼曾不留須臾菴中主人能賞識對我但道
令難摹不應莞爾領翁意假筆遠甚成嗟吁古人
妙地學始見已信邯鄲非易趨朱繇道子圖有說

妄意自笑西家愚

梅花道人臨東坡風條

東坡先生好遊戲壁上寫竹如寫字三竿兩竿梟風翠却有渭川千畝勢題詩執燭倩官奴白髮紅粧兩無忌不應誣我把節君何嘗解舞腰肢媚先生調笑皆文章頗與節君生貴花千年故事白石在梅菴載翻新墨香捕風捉影老手健鳳駭鸞驚秋月涼我令拭目良會堂沈氏堂名尚疑耘老亭中央令人古人不相見遺跡宛然人未亡

徐氏雲山圖

老夫潑墨爲白雲忽看一幛千氤氳徐卿新堂虛此壁誰謂不堪特贈君青山爲母雲作子倒見青山落懷裡分明七十二芙蓉來海卧秋扶不起滿堂雨氣颯颯欲流隔簾綠樹啼春鳩白雲在家親在眼不倚太行歌遠遊

爲王揮使畫牡丹

王君四月方來蘇綠陰滿地花已無臺紅樓氣小可覓筆底春風尋老夫臙綿滴露看活色信手貌

出西家妹坐中狂客未解事欲折不成空總膚去年淮陰七尺雪凍地似恐花根枯此圖贈君日日賞一日須傾一百壺

吳都閫松幢

師府渾渾堂壁上白間少我一松幢寄將雪繭照眼光筆未成揮意先放徂徠縮地落此間古意蕭森豈青杖清宵明月待開門白日風雲與摩蕩將軍仰面揮羽扇思靜神閒几相向老夫更活三百年歲歲逢人問無恙

吳瑞卿染墨牡丹

雨晴風晴日杲々趁此看花々更好澆紅要盡三百杯請客不須辭量小野僧栽花要客到急掃風軒破清曉知渠色相本来空未必真成被花惱吳生又與花傳神絹上生涯春不老青春展卷無時無姚家魏家何足道

畫松

老夫慣與松傳神夾山倚澗將逼真青雲乾天星高盖蒼鱗裹烟呈古身我亦不知松在絹松亦不

知我戲耳吹燈照影蛟起舞直欲排空掉長尾待
松千丈歲須千老夫何壽與作緣不如筆栽墨培
出一笑何問人間大小年

題畫寄楊提學應寧

我隨州木生長洲索居自耻無朋儔於公辱知六
旣久十年幾面無時酬尋常開緘見諫議言語亦
淂通綢繆終肰玉樹隔眼物碧雲明月心悠悠適
来宦轍道桑梓老臂無翼從之遊仙人可望不可
致聊以遠夢尋丹丘夢空人遠相憶在因寫江山

消我憂寄公高堂我俯拜一日素壁開清秋

梅雪圖戲陳述辟

梅雪翁清而窮名階利窟誰與翁作引書林翰苑自許翁相通硬黃揖搨盤鼓雪硯習〻摹尊鍾老年好古心獨〻少墨烏衫袖猶見童自言書法即畫法雖不能畫頗知其理同邑令斯篆數按我聊博紙上青芙蓉滑之欣然便卷去不待題識疾走飛秋蓬正如意不在酒在乎山水中風流欲擬歐陽公今朝雪落號壯風凍指屈縮爲蟄虫翁來强

要圖所號趣此梅清雪淡天為容傳神正須及此
際吹火烘硯松枝紅亦云要詩寫雪空長句掃破
寒雲重發翁愛詩真怪事無乃齋人知瑟工與来
為翁放手作珠光玉色開深冬圖成詩就雪未霽
西湖剡曲略見依微蹤我不知翁在畫翁在詩〻
中畫中亦冬有此翁請翁歸去問梅雪我詩與畫
誰雌雄

騎牛圖

老夫自是騎牛漢一蓑一笠春江岸白髮生來六

十年落日青山牛背看酷憐牛背穩如車社酒陶陶夜到家村中無虎豚犬開平圯小逕穿桑麻也無漢書掛牛角聊掛一壺郫醑薄南山白日不必歌功名富貴如兮何

為郭摠戎題長江萬里圖

汴戎、大開寶繪堂紫錦薦几霞幅張手披牛腰之甲卷水墨迤邐蹤徵茫我從魚鳧尋往古灌口玉壘烟蒼凉青城雪山嶔巇虎導江之岷不可望三水合流錦官當三峨九頂遞接翠樓觀縹緲天中

夾渝培城高宛相峙嘉陵跳江吹枕傍陣迹齒〻
石作行風雲慘淡開瞿唐黃牛灧澦雜舟航青天
仰漏一線光峽窮江廣見漢陽黃鶴赤壁相低昂
廬山五老天下觀順流漸見迎風檣大姑小姑交
嫵媚何年爭嫁彭家郎三山九華連建康南都宮
闕何煌〻大明定鼎龍虎合萬古鞏固皇圖昌真
州潤州列兩廂金蕉業巖當喉吭直吞天派納海
口有君萬邦來會王座中指點皆歷〻絞綃數丈
萬里長老夫困頓今白首欲往遊之無裹糧徒然

感嘅在牖下捕影捉風消熱腸心搖搖兮悵徬徨佩有蘭兮襲瑤芳江兮漢兮不可度望美人兮天一方少陵東坡二豪者風流往往留文章英雄割據未暇論臥龍獨數人中纏元戎元戎將之良此卷兼與韜鈐藏南征西伐或有事按圖索程猶取囊非惟供玩託深旨居安慮危心不忘嗚呼居安慮危心不忘

松卷為德韞弟作

先夫平生負直氣欲一洩而不遂隱居只作太

强人設仕亦為强顏吏白頭究兀尚不平託之水墨見一二豪來寫松三百株一一長身挺於世只嫌紙短手弱縮朓間風雨生蒼翠東園阿弟舞落筆神驚眼駭走魑魅堂中宛宛開徑徠不知老兄作遊戲夜來明月奪江光淵卷飛蛟稱怪事今年大潦苦浸淫根株自高當不忌根株自高當不忌區區草木皆憔悴

王理之臨鳳頭驄

宋家王孫趙仲穆畫馬畫形神亦足東嵐王郎榻

其本筆精殊覺驚人目綫間窺况攤肉山俗工絲
絲手當縮此足傳是鳳頭驄五花滿身雲簇〻請
郎別圖唐舞馬逆胡教舞不肎服逆胡教舞不肎
服大勝汚臣食其祿

雪景山水

眼中飛雪作奇觀江山一夜皆玉換前崗坡陀帶
複嶺小彴幾蹺連斷岸水過蹊柳似華髮忽有微
風與飄散紺宮梵簇林影分白鷗一箇江光亂老
漁簑笠秪自苦冰拂凍鬚莖欲斷江空天遠迥幽

蹤只有一竿聊作伴此時此景誰領亦矣此漁從我玩圖成一咲寒戰腕萬江山在吾案

五十疋馬圖

沙樹歷歷沙草荒江上誰開芻牧場馬群所聚凡五十飲秣而俯嘶而昂寢訛浴涉踶且驤或乳或駐或軋蹌三縱五横不成行若騮若驔青驄黃烏雜赤兔照夜白連錢桃花鬪文章牝兮牝兮未可辯亦莫可識駑與良相骨相肉俱已矣老夫兩眼從茫茫但願各各無羈韁自縱自滑肥而駪肥執

肥扎空老死未識何以知求長我知馬亦待駕御人馬兩滑氣始揚請看講汗流血漿爭前欲逐丕賢王追風掣電一般走五十之中當有強

題松卷

寸莚悠々至千丈歲月之後乃可望老夫一日春雨中手煖心閒筆初放徂徠合抱三百株生捉龍蛇䞋紙上培之以墨土何功根葉不驚神亦王傍人為我奪造化畢宏韋偃仍相誑一舒一卷風雨生滿堂錯愕空相向還疑秋子打窓扉亦覺春花

撲屏幢久無采錄我何真自倚胸中意爲匠

題張翬畫

張翁年紀如伏生讀書不及繪事精爲圖亦自有古意長幅長幅求人爭老翁之筆隨年老墨潑綃上如箒掃橫皴六丁鑿龍門豎皴溜雨泥牆倒一峰塞天雲不流特立萬仞芙蓉秋石島白跳亂蹤澗木末紅泥高見樓〻頭楊花吹碧瓦宛轉春江帶樓下烟波渺〻古渡長落日行人獨騎馬似畫似遠是非間人道濃枯後似閒自成高致郵能到

我眞臨摹覺手頑

題子昂重江疊嶂卷

王孫無運開英雄聊寫江山藏畫中還從慘淡見舊物似有潸淚含孤忠長篇禹貢與作稿一圖萬里連提封張韓劉岳果何功入關蕭相將無同王孫本彌松雪翁能事錯忽營丘公丹青隱墨〻隱水其妙貴淡不數濃縈灘曲瀨導巴蜀沓巘長巒連華嵩空蒙野馬軋雲日浩蕩碧縠吹秋風王孫隅此不可從水晶傻闕金芙蓉指之千年或一出

黄鶴豈不思江東

試晬歌題趙魏公畫

楊花槐銀春滿盆乳婆擎湯蘭氣溫沐珠縲璧試新晬翠羽擁風敷顏門氍毹煖坐麒麟玉阿婆倚語高堂祝綠手彤管有操時一掘笑聲愚智卜君不見九齡九鶴夢先知天自降生天自奇

桃源圖

君不見姚周寬仁天下歸又不見嬴秦猛德天下離秦人避秦〻不知人既移家秦〻移〻家去桃

石田集 七言古 卅一

源住萬樹桃花塞行路楚人吹起咸陽炬何曾燒着桃源樹老翁尚記未焚書諸猿儘種無租地自衣自食自年年擾無官府似神仙一時落賺漁郎猶恠為圖與世傳

朱澤民山水

睢陽老人營丘徒意匠妙絶絶代無為留清氣在天地便就片縑開江湖長松落葉風細細幽[illegible][illegible]蘿倚江位辟虎書魚蕩水光老屋[illegible][illegible][illegible][illegible][illegible]人不歸空壯山芳杜春風應歷[illegible][illegible][illegible][illegible]

拙安得浮雲相往還宦海黃塵迷白髮雲壑風泉清入骨思家看畫亦兀然叫落西窗子規月

隋宮圖

誰云玉樹無人讀馬上還聞夜遊曲君王不自錮苞桑卻道維州能破木楊花千里撲離宮富貴濃酣似夢中百隊蛾眉皆闘月千林彩樹不驚風悲歡只在循環裏莫道征遼偶然耳廡車載怨重於山人心未愜遼東死一聲桃李天下如皇后自將神器移濰南未頤鼠竊計太原已及龍飛時如何

只醉揚州酒〻杯在前兵在後白練天教泄湧究
醉骨沉〻當迹朽狐墳寂寞向雷塘秋營星散已
無光惟餘二十四橋月獨照遊魂歸洛陽

題馬圖和驄馬行韻

玄雲漲体非花驄後知西產匪產東突圍破陣奔
死命將軍假此詐奇功橫行絕塞何由致千金始
爲燕昭至房星不落冀北群地用金杖天下利奮
迅時〻逬銜鐵仰空長嘶鬣纏裂朔風吹鬣尾猬
雲曼纓拂地蠶猩血髦奴手箠不敢騎天生神物

彼亦知今無伯樂空自老赤路英雄向誰道

題林和靖手帖用東坡韻

我愛翁書得瘦硬雲腴濯盡西湖淥西臺少肉是真評坡云書似西臺差少肉數行清瑩含氷玉宛然風節溢其間此字此翁俱絶俗開緘見字即見翁五百年來如轉燭可憐人物兩相求落我掌中殊有足水邊孤墳我曾拜土冷烟荒骨難肉當時州吏歲勞問于今祀典誰登録翁囙不能知我悲聊對湖山歌楚曲我歌湖山亦不知惟有春鳩叫深竹歸來

把酒尋便緘猶勝無錢對寒菊

古折梅歌

捐蛟不肯居西湖穹窿山中潛作都千年樵與草木處上膏沁骨蒼皮飛雪中蠟㜸凍欲死老腊又伏春風蘇今年苦遭斤斧厄左股劃落從樵夫幽靈睛泣天亦黑十斛清淚含明珠抱村肯受爨下辱失勢豈分溝中污埽韓休亦天使何會拔著青珊瑚枝回市上駭衆目兒女爭看來喧呼還疑神物有變化白日閉户防逃逋金繩兩道鎖紐壯

書此更插碧玉壺主人尚恐莫長守請我寫作證
芳圖高堂雪壁照清影此屋此圖何可無

竹堂寺與李敬敷楊啟同觀梅

竹堂梅花一千樹晴雪塞門無人處秋官黃門兩
詩客阿馬西来爲花駐老翁携酒亦偶同花不留
人人自住滿身毛骨沁氷影嚼蕊含香各搜句吉
祥牡丹清奈大定惠海棠亦幽未只憑坡口詫繁
華似恐同花不同趣酒酣塗紙作横斜筆下珠光
濕春露只愁此紙携春去明日重来花在地

慶雲牡丹

三月十日天半晴慶雲菴裡看春行桃娘李娘俱寂寞鼠姑照眼真傾城老僧却在色界住靜笑山花惱客情靚粧倚露粉汗濕醉肉隔花紅暈朋吉祥將落舊有恨急借紙面圖其生明朝攜酒正恐謝亦怕敲門僧厭迎

慶雲庵月下觀杏花

杏花初開紅滿[illegible]栽賦僧房鬪雨聲侵朝急起看晴艷對房兩株今眼明還宜夜坐了餘興靜免譁

蝶来紛争嫣然紅粉本富貴更借月露添妍清青蘋流水未足擬金蓮影度娉婷庭空月悄花不語但覺風過生微香老儂看慣不爲意却愛小紙燕脂縈高齋素壁可長有不由零落愁人情

題牡丹圖

東家牡丹不論葉西家桑拓不論花花前把酒酹紅玉一滴誰沾桑葉綠隔墻鼕鼓春逢逢人散酒闌花亦空采桑養蠶百箔滿子子孫孫衣着煖明年賃地過東墻拔却牡丹多種桑

挽黃節婦

守節雖保孤孤雖守節要節完保孤要孤安完節堅心肝保孤慎飢寒啼餓猶寒白屋破死心灰肝清淚酸黃家之婦李家妻鳳鸞之偶夭團圞鳳一死鸞乃單鳳有鸞養于鸞鸞今有文成五色鸞今瞑目已蓋棺地下見鳳不愧亦不怍手呈高節十丈青琅玕

石田先生集終　古言古

石田先生集

長洲沈　周啟南
後學錢允治功甫校
陳仁錫明卿編

五言排律附七言排律

雙壽堂爲周太僕父母題

壽域從天闢賢人應化生文王遙衍姓樾老特儲精内德齋夫兾君恩籍子榮麒麟一夔足鸑鳳二雛并愀〻崗陵頌綿〻嬿婉情貴令兼五福養

日過三牲具慶方應少長生學竟成吳絲頭未老楚水眼俱明闈捆秋霜著鄉閭畫錦行花封尺一誥光賁五茸城寸地由仁闢元功耗後耕顏郎家檢餝韋相世經鳴道長臻康順心閒樂太平逸才淩道韞妙畫到真卿琴瑟原相友詞章或共賡江山高致在冰雪雅懷清姿佩花香襲芬樽竹氣盈凉颸江夏扇愉色老萊嬰七十方開始二千未足羸歌謠推盛事造物與完名

世恩堂為陳侍御題

宇宙開昌運明良際盛時青雲三葉貫白簡一門奇聚德瞻云象派清見穎文相門還看鍾家學自相師岐鳳威儀遠郊麟步武追清霜尊若栢湛露次條枝執法綱維地同心蹊舌司呂公能自舉謝傳豈私推揚激江河動清高草木知起遷行赫赫獻納每孜孜崇報貽優典推封躰孝思予官榮及此父秩甫如之士類知興起

朝廷樂寵馳綿延誇祖澤光大顯男兒畫錦丹青第天章金玉辭試看忠事業乃是德資基替緩春風蕩門闌白日遲

州司頻問候臺閣舞進隨被戴　恩何廣感懷心轉甲高堂華扁猶世世以爲期

草庭

空庭無長物芳艸自蕤蕤成遂風霜德發生天地仁烟光三逕接雨綠一方句南浦何須憶西堂未足論欣欣對孤榻日日伴閒人得地根荄好乘時意思新信荒宜我懶弗剪稱儒貧中有芝蘭種芻無蕭艾隣青袍同舊日白髮愧芳春遠志猶堪托寸心雖具陳驗豐誰識薺梱弱獨悲塵土宜休爭

價劣羌且任真不同阡陌外来往輾香輪

和天全公秋日山涇詩韻

閣老與名流叟猶共彩舟未應遺赤子便爾覔丹丘清樾臨芳席滄浪耿白頭笑談參杖屨酩酊錯觥籌謝傳推豪邁庄生耻謬悠光風蘭渚夕瀼露稻畦秋好拂溪邊石刊詩紀勝遊

陪天全翁宿鄧尉山次馬柳之韻

布衣陪上相韋有尉峯遊撥落龍山帽寧論赤壁舟緣綸黄閣貴杖舄翠微幽薄寂禽交語溪迴葉

亂流菊花迎笑口松子落人頭入寺踈鐘晚開門片月秋殿高凌萬木湖瀾見三州勝境追廬岳名緇少貫休十年清癖在一宿素心酬櫚憶乾明借圖如妙覺留酒酣猶捉筆興發更登樓清世須行樂莫言沉與浮

和吳元博對雪二十韻 成化庚寅

如何二月雪簌簌復稜稜絮起雖堪羨條封已不勝當宵將曉誤向煖畏陽蒸黨霰成匊集因寒質始凝未堪溫以玉只自冷于冰增岳我時重薇天

何日澄衣冠遺點漆臺閣逞飛騰作㲃猶安史爭
先顙薛滕淒淩廷尉雀勢抗郅都鷹去就何其屑
枘横不可繩窮浸到草木厚積及崗陵詐每從瑕
掩機多自罅乘义乎能直刺穀也務盧稱黃竹歌
應遠塩梅事莫憑情文非過擬時事適相仍野老
占應浸今茲慮不登還當念貧者抑可憐凶徵陰
奈非其用陽須剝後升笑塵君浔詠歐陽公禁体詩云脫遺前
言笑塵襍合闈我誇能歐陽公咏雪有須憐鐵甲冷徹骨四十餘萬屯邊兵晏元獻謂
其合闈閑户僵眠者詩成悶轉增

謝徐德美愈總疾

我生兄弟少獨有名與周自信元方劣無如少者優連枝偏篤愛有疾寂先憂詹尹嘗申卜醫門與慎求擬君令扁鵲用藥古神樓二豎行袪迹三彭遂絕伉感應斟骨刻義不許金酬詩盡何堪頌芳聲已自流

青雲發軔送夏上舍德輝之京

雲程初發迹高蓋出門時已喜書盈載還聞譆既脂乘時方致遠努力莫行遲當道應推轂逢人不

問岐後塵誰可軼光軌獨能追文紀豺狼志相如駟馬期轔轔過貝闕穆穆把長纓送子登高去塩車嘆莫隨

仙桂堂爲周氏表進士賦

採取月中種周郎得意回清真仙受度秀邁狀元才仙籍名初注華堂花正開人間看玉樹天上築金臺祿應千鍾粟香傾萬樹梅綠袍鮮露濕緹幕好風來貴子時當出芳根代可培巨川波浩浩全揖莫徘徊

烟霞洞

去〻逾翁嶺登〻入乳雲衆峰嵐外鎖一洞石中分行逐獮猴伴疑穿虎豹群竹深清氣逼花穠妙香焚蕊萏縣鐘乳丹青畫蘚紋壁書留見刻崖迹驗神斤湛露滴白玉鮮霞生紫氣卜居曾葛令猶節或笻君石扇扃秋月天窓漏夕曛靈泉飛鼠飲藥草野禽耘處僻人稀到窮幽我獨勤桃源果何在只使世空聞

勝果寺

鳳凰垂右翼佛宇附靈跡深入疑無路險行愛有松山川非宋業壞地極吳封崖磴凌千丈雲樓隱數重潮聞半夜棡雨翳午時鐘綠蕙分清澗紅桃映碧峰憑闌開遠眺長練寫江容

送袁德瑞還吉水兼簡其兄德淳

賢哉太平尹不見一吳霜百里初開路三年又阻袁有音來季子接論似元方謹飭家傳檢漸摩德有光詩書求豹變彝氣卜鷹揚風雨兼旬住粢盛為我傷應時聊摶粽遣悶或持觴鷗鳥思江外驪

駒逌遒旁爻于情摠好令我寂雖忘

立春夜小宴趙氏客樓鳴玉出西曺送别券

囙次王秋官元勛韵留别鳴玉云

高樓作小宴吾梓擬朋東零亂一燈影蕭騷雙鬢蓬臘醅還夜貫氷硯及春融凾樹何悲鵲留泥聊信鴻思帰年欲盡起視月方中更讀西曺券諸篇氣吐虹

九月廿二夜坐水喜魏公美父子見過遂與

周宗逌三人燈下聯句

泛濫休文宅，相尋夜正深。魏 雲萍合幽徑，雨葉墮蹊林。周 座暗催燒蠟，語高驚宿禽。沈 寒飈欺弊幕，濕氣變鳴琴。魏 把酒泛清漏，焚香發細吟。周 追隨老年伴，佚納故人心。沈 坐地歡簪盍，比隣哭竄沉。魏 流離憂寂切，潢潦歲難任。周 市衆行逾玉，爐鉛莫就金。沈 蒼蒼不我予，徒自鬱愁襟。魏

紫陽庵聯句

山爲春城媚，鰲峰更可觀。劉玨 便當輕五老，何待覓三韓。沈周 靈氣知深鬱，奇形惜太剜。史鑑 俯身穿石罅

側足上崖端沈召嵐重行衣[illegible]苔滌步屧乾劉珏小庵幽處縛重殿缺邊攢沈周日近關常煖霞封洞不寒史鑑蘿龕仙骨蛻木像古真刊沈名聲宿鳴琴室香餘拜斗壇劉珏把芝呼白鹿種竹引青鸞沈周屢憩純陽子時遊靖長官史鑑曲闌憑瑪瑙橫管執琅玕沈名流瀣非凡食芙蓉是道冠劉珏龍猶園故鼎鳥解啄遺丹周逸迹追何及長生學不難史鑑揮杯送雙目隨鶴過江干沈名

挽趙孝子

阿父即冥時弧生甫一朞氣〻堂上母眇〻抱中
兒門户存三尺宗祧系一絲昔傷貧也日今有見
馬騎義褻烹晨鯉中裙濯晚游仁人俄不壽天道
委無知蘭折秋風夼萱存夜雨枝黃泉當不瞑白
髮却從誰夢寐何時間幽明兩地悲靡蕪墳上草
淚葉向人垂

附七言排律

家君木石小景為劉完菴季子中欲奪周愛
而莫剖然終不能逼也因賦而帰之

喬柯蒼骨帶烟霞想出平泉太尉家千古奇形含
混沌一株瘦影露槎牙推封大業思馮異補鍊神
功說女媧清廟掄材當中瑑它山攻玉可爲瑕未
因擁腫遯斤斧亦炙愚頑閱歲華一丈獨尊顛米
拜五官寧與暴秦加豉看雲處隨流水撫詠詩時
對落花流憩尚聞楷可策揚清猶頌擿宜茶家君
偶爾圖成趣公爭持之謹拜嘉好事已從今日滑
傳芳還使後人誇角予不忘知宜愛趙辟雞留動
軾嗟我亦未能全淂舍昨宵清夢浩無涯

東園

芳園好在齊封內不似生涯事瀼西帶月灆泉臨晚滙向陽膏土及春犁魚鱗密蓺多佳種井字新開足小畦隣変見侵頻讓畔貴游来踏偶成蹊離荒綠遍千鋤草封殖香加百糞泥常見螬蠐食苦李不嗔童子覓櫨梨紺芽紅甲時々長碧肄緗枝滑々齊着雨蕸花衝燕落受風楊柳信鶯啼輸官不敢逋桑稅欵客猶能薦韭虀風月獨追司馬樂笙歌偏笑辟彊迷乞栽帖子見親送種樹芳書袖

每携我憶尋芳一相過衡門寂寂土墻低

飛来峯

小朶玲瓏合澗邊武陵名勝此當先一山皆秀無
南北兩寺爭奇住後前皆竹藪深岩口閑古楠根
長石身穿埋雲未朽嵳峩骨戰雨空揮大小峯落
落仙班齊玉笋巉巉寶座擁青蓮天龍幇蔵球琳
積孔雀屏風紫翠連秋氣爽人初映日晚容堪畫
薜蘿烟飛来竺國應多代移借蘇州合数年獨[illegible]
尚期崖下結餘酣且就洞中眠但嫌鑿佛非清玩

只恐呼猿亦浪傳閱世不知人事換紀遊惟見客名鐫欲尋圓澤今何有誰話三生未了緣

送伍槩

秋風吹客髮臨川遥指開西路五千黄葉墮樵將盡處青箱行李共蕭然蒯矦短劍鶺膏濕竹簡殘編蠹流穿樹裡認程朝筭驛津頭呼渡晚登船身隨明月行應遠目極孤雲念獨懸遊子問安勞跂涉尊翁提學事旬宣官仍綱紀初增秩時慶干戈已罷邉繇服承歡人並玉華觴稱壽酒飛泉傳經

得奉家庭教聽講仍班弟子貞既喜知新温故業還閑予古賦清嵩峭函形勝山河内秦漢英雄草莽前戎憶灞橋風雪好騎驢準擬在明年

市隐

莫言嘉遯獨終南即此城中住亦甘浩蕩開門心自静滑稽玩世佔仍堪壺公涵迹無人識周令移文好自惭酷愛林泉圖上見生憎官府酒邉談経車過馬常無數掃地焚香日再三市脯不教供座客户庸還喜走丁男檐頭沐髮風初到楼角攤書

月半含蝸辟雨深留篆看燕巢春煖忌僮採時來
卜肆聽論易偶過農家問養蚕爲報山公休薦達
只令雙髩已鬖鬖

分得中字送丘侯述職十二韵

政事文章百牧雄煌煌待竹照江東陽春可況仁
明德雲夢難涯浩蕩胸不令化時由正已如流從
處好歌功棠陰蔽芾巡南國頒節雍容射學宮户
省租庸成土著價輕魚米賀年豐流泯負子思吴
下使者觀風認魯中憂樂關心令范老詩書爲教

古文翁三年述職僂椎去正月趨朝萬國同曙色
催班看立鵠香烟浮宸聽呼嵩嘉猷悃悃陳 天
子正議堂堂達宰公殿上賜衣宮錦爛屏間題姓
墨花濃報公莫緩南還計千里鶯啼及勸農

成化十六年五月二十五日陳啟東震陳成
美九韶浮沈周三人小艤乎溪樓清暑有
風遊目有景因念出處之不同離合之難
必於是作聯句十二韻用紀一日之樂周
遂倡曰

溪上扁舟好客来周此筵詩酒喜追陪震二難敢並同宗學九韶八咏偏慚遠祖才周卅路十年萍作迹震宦游千里禄為媒九韶情因會少常愁别周懷還知深正好開震酒政急隨流水轉九韶篇題忙被夕陽催周碧筒瀉海猶嫌窄震句陸欺山未覺頹九韶却暑得風楼倚樹周苔陰经雨桁生苔震闌干两向山光合九韶簾幙中間水影迴周荷氣入衣初捲舟震柳絲垂髩更毶毶九韶笙歌未許來繚繞周文字何妨間笑詼震勸客黄鸝當曉座九韶留人紫

七言排　十二

燕昭高艷周登高能賦真堪樂震未必淩虛更有

臺 孔韶

石田先生集終

石田先生集

長洲沈　周啟南著
後學錢允治功甫校
陳仁錫明卿編

五言律

苦雨寄城中諸友二首

一陣接一陣一朝連一朝官仍追舊賦天又沒新苗白日不相照浮雲郁浔消君休問饑飽且看沈郎腰

其二

新雨似舊雨今年即去年只愁沈屋土或喜夢青天頓〻黄虀甕家〻白鷺田惟應五穀地改納水衡錢

十月二十八日早自城回

短日促解纜起程霜鬢蓬屽姿微雨潤人影淡波通一鳥沒虛碧數楓留晚紅指家渾不遠村過更橋東

溪上獨坐

觀生吾自得飽飯荷農功盤石兾雙足清流影一翁松喬藤輔德楓老葉還童好在尋詩地無人杖屨同

過叉人澤居

獨據澤中勝遠家金壁堆谿虛水照屋花近樹平臺倚杖烏飛過開門月入來無鄰惱鷺鴨漁亦笑爭猥

喜桑氏兩通判致政爲題杏花書屋圖

舊有讀書處杏花深雨中人歸鬢未白春好樹仍

紅富貴浮生外弟兄吾道同門俞千謝令屋下兩陶翁

金山寺吉公房小酌

常惜忙未到〻來方悟閒過江如隔世入寺不知山風氣薄詩骨夕陽浮醉顔古人詩一宿三宿我才還

黄道士醉死

汝師緣醉死汝死亦師如墳借糟丘築碑將酒德書足跳跌後跛面漲疸時虛化去不留影吾詩真

三一四

寓渠

登姑蘇臺

把酒弔往迹茫〻幾鹿遊興亡兩國夢感慨一臺
秋戰葉風仍亂爭流江未休傾城美人事殘堞暮
雲愁

病懷

朱顏與白髮掩鏡兩茫〻天地大夢宅烟花一戲
場美忙閒固少併夜日還長吾酒吾詩在桑榆美
末光

晚步

西林聊獨步樹〻已棲鴉童叜歸村校漁船聚酒
家玉痕雲映月紅纈水明霞此景偏留戀衰年頽
日斜

晚出過隣家小酌

兩旬方一出門外事紛拏魚促春波淺鳥爭林日
斜老夫傾竹葉稚子捉楊花小坐聊乘興猶堪感
物華

盧以和生同歲月日時

與君一歲月，時日亦相因。何止同丁卯，休論雖甲辰。偶然逢此數，勉矣各爲人。落鬼乾坤内，吾生豈患貧。

僂壽爲錢時用賦

嚴美方周甲，慈籌稍一先。歲年成上下，天地與因緣。春酒百花下，南山僂闌翁。見郎新舉子，父毋老神仙。

清溪小隐

结廬城郭遠，静勝此溪過。鷗鷺分家住，烟波入筆

眠釣魚償酒券賣藕補傭錢只隔斜陽岍徑遊須倩舩

與張東海别

順便南安路朱旛刺史舟相逢驚白髮未到說黃州細雨傳杯落浮雲傍席流臨岐更揮翰不復有離憂

送程宫諭因久雨為言者濫及去位

車馬出春明雨中人獨行人從今日去雨是幾時晴靜閣一杯酒亂聞千樹鶯故山堪註易天意就

先生

經故人墓

故人於此墓石亂水潺潺忙盡剩白骨開来投碧山雨崩封未厚地瘠樹猶慳可奈牛羊笛聞之淚一潸

題李太白像

風骨神仙品文章浩宕人世間金鸑鷟天上玉麒麟江月狂歌夜宫花醉眼春獨輸蕭穎士不見永王璘

速張叉山題和靖二帖

老去知迎苦新篇忽重煩搔頭絲墮地點筆雨臨軒小簡完僕辟長城重五言逋仙當不死字字與招魂

瓶梅

銅瓶倚玉枝縣几獨看時折柳多何惜臨窗少不宜斷根聊活計勺水小恩私省得溪橋外追尋老步遲

樹下獨坐

慵嬾只披髮逍遥惟任真清朝坐茂樹好鳥鳴芳
春樂意偶閑物天機難語人將詩欲描寫腐爛不
能神

人影

愛欲揮杯勸其情有倡隨無違起居地尚報死生
期朋月成三處清波化百時冥然道契諠曾莫假
言辭

咏醉翁床

酒後要息懶假床其製新安排醉鄉具康濟老夫

身兼坐尚似倚半眠尤可人山公不解此倒載馬蹄塵

別正信山居

步出山居外猶聞梧子香磬聲沉霜靄人影度微陽艸木知秋老江山引夢長老禪忘去住高坐在梨床

賀陸惟敬遷居兼東沈廷佐

籠雀更囊琴移家向遠林幽蘭成晚擷叢桂愜秋吟處處卅厭多攜入山愁不深東林有東老詩酒湧

進尋

題王舍人贈尤大參兄弟竹枝

兩樹琅玕玉，詞林根柢深。蒙兄君子德，風雨故人心。遺墨空陳跡，清歌散楚音。披圖百年後，感慨淚踈襟。

螢火

點點微明處，熒熒為底忙。本無炎上德，豈有及人光。紈扇風庭夕，紗廚水閣涼。明朝避白日，芳艸舊回塘。

賀福公生辰

禪心渾不動僧臘静偏長留客何妨酒看经還炷香州廳通兩氣水閣見天光高坐揮如意青山對石床

讀文山指南錄

無家無國日獨有未亡心天地干戈滿君親涕淚深一身隨萬死兩膝信千金牢落氈毛窟南冠作楚吟

白髮

七十方過半餘年未可期不堪青鏡裡已有白頭悲滄海支離客秋風感慨詞朝來將鑷去惟畏老親知

劉生

任俠三秦地平生意氣多鑄金秋作彈鏤玉暖為珂白日淹歌舞青春豔綺羅酬恩有孤劍中夜起摩挲

王昭君

妾能當國事不復怨毛生萬里一身遠三邊獨夢

鷺州連胡地白月似漢宮朔不是君恩少蒼生厭甲兵

題鑑長老影堂

漠々丹青影滌々竹屋燈前朝黄葉寺過卅白頭僧经卷遺殘貝節枝剩古藤石闌僂樹下揮淚一長凭

問王汝和病

勞々千里役歸覺二毛成貧病兼今日豪華讓後生無錢供藥物有眼識人情我亦嘗諳者悠然但

不驚

七夕偶書

金氣入郊扃燈闌酒欲醒雲連吳水白月暗楚峰青結蟢誰家案逢牛此夜星拙人無所事心迹竟冥〻

仲冬七日與陳育菴別後聞其阻雨崇福庵

寄此祇回

苦作匆〻別舟仍淺水過江湖虛遠夢風雨逼殘年濕竹蕭〻寺寒蕪漠〻田還期一尊酒重話疲

燈前

寄周宗道

固貧方是樂不厭破茆廬新肆當門柳芳萇畫畛蔬水雲三畝宅風雨一床書昨日修琴出何妨小犢車

贈孫二叔善

心遠物皆静何須擇地居賃畦還種藥過市每巾車委巷藤梢亂幽窗竹色虛五禽多却老雙鬢未應疎

和陳大叅宗理韻題魏公羡小景

擾擾城中地何妨自結廬安居三世遠開圃十弓餘僧授煎茶法兒抄種樹書尋幽知少出過市即巾車

過友人別業

生涯隨分足三畝築農庄地静貧猶樂累輕心不忙茶烟將鬓緑花露入簾香許可談詩坐呼兒出酒漿

寄久客

故人何處所逐迹信飛蓬短鬓悲西睽帰心寄壯風夜深汐鎮静月出水烟空旅泊應無賴移舟伴澤鴻

過方氏山居

聞説幽居好烟墟帶遠林莓苔石色古松竹水聲深掃地妨眠鹿扳巢見乳禽青山是何物偏結野人心

送陳允德婺源訪舊

呂安高興發遠作婺源行溽暑萬山道故人千里

情亂雲隨疋馬群木暗孤城好鑿龍溪硯歸來事
筆耕

繼南執役

負重憐年少紅塵逐病身既爲執役者莫作晏眠
人官裏誅求教民間給用貪餘情不堪遒相對但
沾巾

征兩廣

天兵下漢江勢已壓猺邦宵騎通雲棧霜輜度石
矼曹彬能托疾李愬不誅降今日征蠻將功名顧

與僕

過松陵感舊

松陵重弭棹訪舊與前殊白社傷新鬼青山識故吾魚蝦登晚市菱芡入秋租寄興長橋水悠悠入太湖

雨中即興

無聞四十客白髮半盈頭女嫁本輕累家貧翻重愁晚雲生細雨春水漲長溝人景俱無賴鶯花作素秋

和張子静見投韻 子静號夢坡

髯張若上客儒術自謀身憂世江湖遠行歌天地
春朱華照詞篠秋水寫精神千載東坡老尋常與
夢親

春日小雨帰自邢都憲書院

春日雨霏霏元功屬細微應時名獨好及物利應
稀未足膏吾土空能濕客衣老人看字眼惡尔阻
清輝

客中雪夜

無酒常如醉此心其奈何　朝廷勞撫字鄉里毀

催科望日長安遠古年凶乢多客中今夜雪似我

鬢毛皤

除夜送客

此別未忍別情知見面稀歲從今夜盡人憶故園

歸河影臨軒轉霜華遠樹飛天涯明日酒何處典

春衣

和韻周伯琨先生桐村小隱三首

不煩王錄事結屋自深村靜覺道心古老嫌人事

繁書魚登竹几酒蟻落葩樽幾个梧桐樹秋來葉滿門

其二

清朝歸太早畎畝誦虞軒鷄犬雲中宅梧桐海上村樂天陶栗里抱病馬文園聞說娛親地堂陰只樹萱

其三

村外重〻水門前樹〻烏　朝廷閒此老天地着吾廬入郭厭騎馬娛親或弄雛未能尋隱處想像

新作圖

重到松江

違此十三載江城舊路微未論新鬼大但感故人稀聞崔令還潯因鱸欲忘歸沙鷗似相熟來往近船飛

復陪天全遊海覺菴次韻

未療烟霞癖肩輿日日行詩情秋水遠圖意晚山明雲濕苔花滑霜乾栗葉輕醉拋浮世事不必問君平

遣病寄繼南二首

抱病不出户，臨床藥自炮。酒壺全得遣，書卷未能拋。沙鳥舉人色，野鳩安鵲巢。溪翁於世味，淡泊已無交。

其二

携鏡憐衰隱，近來多白茎。世情年長熟，野質病餘清。風急屋莽捲，雨深園笋生。功名付朋輩，老嬾分無成。

壽周宗道客中初度

落々推清曠令人有晉風客窻衫度酒曉鏡二毛翁太素心遊裏滄浪意釣中更將閒歲月點筆注參同

聽雨有感

猒雨々不息幽懷殊未眠寸秧三尺水斗米百文錢窮可悲人事高難問老天喜鬧平糶政多荷使君賢

夜泊南濠約劉完菴不至

故鄉雖未發行李已囊琴清夜宿城下孤舟生客

心燈明千戶火人樵四方音不識劉僉憲將詩何
處吟

參寥泉

汩〻嫩雲芽空山閟歲華看碑言舊夢把便憶新
茶碧映峰頭葉紅緣井口花老僧來洗鉢不道濕
袈裟

上天竺

佛國巖深處令人不倦遊鳥啼千樹杪雁下五峰
頭地靜鐘聲遠山明寶氣浮老僧禪觀罷詩亦似

湯休

中天竺有懷住山祐天吉

珠林懸碧澗恰有小橋通水格重〻石松鳴樹〻風路當三里半寺在兩山中今日天香閣先期憶祐公

下天竺

奇倚靈峯住緣蘿取次尋紅泉交石面翠壁秀堂陰猿鶴遺塵想烟霞發隱心歸來燈火候深木路沉〻

龍井

一穴潛靈水風篁古嶺頭湧天知地窒欲雨見雲浮亂沫漂松礀微腥帶茗甌山田多仰潤時有縣官求

伯顔遺像

遺像杭民奉猶懷不戮仁森張動毛髮颯爽見精神兩浥靈旗画風吹彩幔塵似應天有意特使報曹彬

家伯入環修靜業

不肖慚凡鉛龕居度老年有見遺寸地無語説先天夜室初生白霜鬚欲變玄倘能憐小院床下示真詮

終慕

孝子懷親德此生無盡時黃泉不可作白髮未爲期衣綠悲陳迹書香感舊披萱花與喬樹對着淚僂垂

長至口占

佳節寒爐畔閒情自課詩青陽能有信白髮却無

私雖喜初長日還憐漸老時且傾無事酒犀首是吾師

贈別嚴公素萍軒其舟名

貧家看修竹秋浦倚浮萍葉盡風驚樹簾明月在亭問年雙鬢白談易一燈青明日東西迹持杯對曉星

送程教授還南昌

落日吳門路歸舟楚水春明經見高第古道忤時人歷郡青氈舊還家白髮新別君無以贈惆悵把

江蘋

謝松江王廷規愈許氏錫

心存幼々仁醫隱市中塵休愛隨秦俗流聲擬越人圃烔芝艸秀門兩杏花春未識先相感羸錫倚藥神

與張二話舊

別来俱碌々相見各皤然白日無閒者紅塵失少年感時悲易得諧俗老難便鐘動殘燈在多談忘郤眠

李中舍祖席送余進士朝言還金陵

今朝李中舍，昔日郭林宗。孝友惟君行，溫恭見德容。莫教輕作別，難得便相逢。歸楫春江外，山重水更重。

贈施奐伯

清幽棲息地，委巷紫蘭春。讀易深求道，闢門多畏人。長卿通一譜，季子接南隣。用世應無忝，皆知席上珍。

補爲劉完菴風舟圖曰和天全公韵

二公長別後已是兩年餘感在悲遺物山空欲索居縣圖慚謬補坡語幸親書僊鶴平生伴遼東想舊如

雪中送許堉禎還東崐

我寫雪中意平林帶遠巒倩誰看玉樹呼酒破風寒因爾獨歸去令人殊未安山燈今夜擱聊作小盤桓

用陸古狂韻復送許禎

鬢絲猶鏡影恥近覺非年四海少兄弟三杯從聖

賢索詩頻許子倚劍在吳天看尔輕風雪扁舟欲濟川

題梅花和尚之塔 蓋吳仲圭墓也

梅花空有塔千載莫欺人艸證普光妙山移北苑真斷碑猶卧雨古椽未囬春欲致先生奠秋塘老白蘋

拾遺齋感継南手書

亂葺初拾得舊墨忍重披継燭垂〻際蒙塵漠〻時楚王遺屣念原婦故簪悲掩捲山窗下潸然老

淚滋

雨思二首

蕭齋秋雨裹默〻對縣〻思困連朝酒眼昏終日雲緣泥驚虎迹點火喚鵞羣滞穗渾無賴催徵急有文

其二

高枕頗無事足消秋夜長夢中多樂境詩外揔愁鄉白鴈吴天月黃柑楚樹霜喜看新節物不暇惜流光

訪明公

別師方一月再到已初冬白屋寒燊火黃昏古寺鐘風廊行落葉月壁映高松香炷茶杯裡更闌話尚濃

方水雲見和隨筆又復一首

老僧課佛地龕煖不知冬懺悔三千偈燒香百八鐘夜厨香炙芋寒竈碧燃松座喜彌明在詩懷一倍濃

與彭志剛話舊

繫舟烟浪夕咲語溢黹開淡墨燈前畫故情江上山相交父子者豈在酒杯間與君將白髮共對釣絲閒

冬至生日

脉年四十九今是五旬人身遇太平日陽生天地春朱顏去舊鏡華髮入新巾一室貧猶樂能安二老親

丙申歲旦

不才猶昨日忽半百年期萬事茫然過一非無所

知識丁聊自足中聖復何疑富貴非吾夢人生各有時

寄松江王公佩

鶴城王録事不見廿經秋看竹仍青眼耽詩已白頭流鶯對丸藥野馬畏開樓近况逢人説空令感舊遊

送胡訓導丁憂

西江吴訓學道誼更文章嗜澹黄金遠官閒白日長老親驚有訃遊子急還鄉去去吴天雨相兼淚

萬行

題畫贈張工部企翱

石古蒼苔合衣凉白羽輕人心正無事秋水亦同清木脫四五葉鳥鳴三兩聲山林與鐘鼎名自不忘情

和陳允德韵就題所贈王元勳畫

皋橋一把臂雨後石淙淙社酒杯〻蟻春城樹〻釣詩淹帰客計山结野人心看試臨分筆重巒更遠林

戲陳廷璧角巾失水

先生巾墮水，老醜禿如嬰。開口從人笑，遮頭濕自驚。白綸傷潦倒，烏角失崢嶸。不減龍山興，仍堪歌濯纓。

陪呂府倅華節推九日登姑蘇臺次韵

黄菊逢佳節，胥城事宴遊。山朋不作雨，木落始知秋。位忘邦侯貴，詩容野老酧。杖携雲翰去，光彩賁林丘。

其二

詩酒從公暇登高此重遊據梧聊湯興把菊又深
秋雲日相容與風泉互應酬飄然凌物表何用挾
丘

寄徐竹軒以道

頭徐孺子結納滿清朝韋杜天雖近江湖心尚
手捫衣上蝨談起座中貂想像高軒竹蒼然傲
雪標

九月桃花

九月無霜信桃枝見細莖向寒時正發滑煖氣偏

坐蒻草国風拆微紅借露明榮華雖頃暫天地亦多情

與陳味芝先生同洪松陵予追莫及賦此以寄

湖南一分棹獨自在迷津杳杳瞻先達遲遲愧後人路遥愁浪逆行緩見山真旅次青燈夜鷄栖一病身

送何山人還南昌

何子何輕别今朝歸故鄉楚山江上雨吳樹屋頭

霜千里還家近五年爲客長扁舟風色順十日到
南昌

將有北行

門外好舟楫理裝將北行燕飛輕雨細鷗浴愛江
明濁酒人皆醉殘書吾有生浩然歌一曲適此遂
遊情

元旦後一日劉德儀送酒

使者傻飛至蓬門向晚開停肩爛泥滑解羃省香
來染指憐佳味挑燈引細杯明朝携小榼江上候

新梅

雨中過楊城湖

芳辰二三客飛檣泛空明野酌臨流動春湖帶雨行浪中汀樹亂船裹濕雲生吾欲觀天趣悠然留去情

遊覺海菴追憶徐劉二公

東海先生去劉郎又不來舊遊俱是夢白髮且銜杯新蕨紅拳出長松翠蓋擢茅山猶好在故〻遠經臺

送張汝弼出守南安

五馬南安去南安民定安偏方衆所畏賢者獨無雄州聖從人乞梅花閣酒看懸知頌卧治嶺石有新刊

秋林書屋

方干多隱德深住石深庄織葛妻當杼勧書子對床鹿流黃葉逕螢火白茆堂短策西風外相尋路不忘

虎丘尋簡公不遇

老叟今何出青蘿半掩門鬧嫣山近市別住水爲村擺穊雲連地梧桐月在軒殘徑知有遺心會不閑言

苦雨

秋霖傷我稼南畝在波中密密飛條白垂垂濕葉紅敲門誰畏飯避地欲呼窮極目浮雲亂空思萬里風

獨閒爲湖州嚴仲端賦

老去無婚嫁心幽百慮忘靜垂簾子坐怕見路人

怕雨迹侵堦艸春陰遠舍桑莫嫌犀首醉各下是
晉鄉

處閒爲福壽庵津公題

天朗心偏靜青山自石房看经聊遣日掃地自焚
香屋映岩雲碧衣隨樹葉黃從人乞詩畫閒極也
生忙

毘陵晚眺爲趙中美作

停舟縱高目容子正思家城郭飛鴉亂山川落日
斜行逢十字墓坐酌二泉茶冣是堪吟處長波寫

斷霞

散步杏花下

識字田間客蕭然髩欲翁營〻嫌耳目罔〻羡兒童槖喜書稱富家隨兒笑窮閒庭杏花下小步散春風

宿覺海庵

幽居嬾未遂窈窕借雲重地濕千莖菌門陰十箇松古厨寒食飯盡谷夜分鐘半夜鐘吳俗謂夜分鐘也起坐月當午推窗見碧峰

經德丘追憶先祖亡弟

落日西原上悠々對古丘泉深遺厥恨艸湯叉手愁不見人歸霍空瞻木蔽牛詩書先業在世遠我偏憂

聞蛙

月黑水田平喈々兩耳盈無情不擇夜有口但知鳴豈識官私辯寧諍鼓吹聲相求復相應愛尔樂羣生

晚坐

春殘尚絜艳林屋氣蕭騷白日若不夜人生亦太勞泝花方失鞠雨笋湧爭高小酌仍觀物新醅愜老饕

十月八日壽懷用兄六十

試筭吾兄壽今周甲子年家貧能自樂身健即如仙跡布風霜外衰毛艸木前殷勤將白酒共醉菊花天

南園襍興

老圃吾家事深知此計安培功春動易溉力雨多

雞剖瓠誰憐大特梅自信酸朝鹽不愁餒首着正闌干

擊鼠

黠徒方蹣跚急擊我何疑遯尾阽危際拖賸被劇時梁塵清格鬬挽耳謝嘎咿吾本無容德休同賴氏欺

寄錢允言

雖是經年别尋常見好詩湖南與湖北相望即相思楊柳青霞館芙蓉碧玉池乾坤知佚老徼咏閒

清巵

溪樹

雨來溪樹好翡翠散明珠若〻萬葉動潚〻羣響俱微風送餘瀝返照如染濡浩蕩恩波足惟憐爨下枯

送徐德宜

秋暑瀰澤國君方謁選行青雲遊子路白髮故人情筮仕在今日立身求令名楓橋此杯酒把袂再三傾

早起偶書

秋早耿不寐起視天蒼凉鮮雲凝高宇隨日賦采光露氣浮艸木沠潤及衣裳人事頗無接懷澄知慮忘

陳秋堂寄翫月登樓二作與史西村同附其所答詩後以致意焉

翫月詞空妙登樓句自清題封不到我倡和湧勞情短劍秋懷濶踈燈老鬢明相思南斗外新鴈爲誰鳴

空閒

黄塵不是海特地爲人深浮世有窮日勞生無正心從容一尊酒蕭散五絃琴會得其中趣悠然萬慮沉

九日寫墨菊遣興

九日衡門下登高興已衹老年悲節物多病怯江湖濁酒家家醆黄花在在無爲源追故事水墨戲新圖

九月十一日過光福夜訪徐雪屋

西風西郭路秋色入蒼顔接屋干於樹行舟兩岍山水光明月下人語翠微間指點讀書地開門知夜闌

十二月還自光福道中即事

兩竿西下日吾棹亞東帰溪老過橋去野禽穿樹飛水將人眼净葉與髩毛稀納〻乾坤内秋風自布衣

東老

東老〻而貧惟於一影親布衾身後襚茅屋病中

人白髮偏相信黃金卻不仁閶門是居第富貴寄以隣

再題東林小隱

寂愛林居好移家獨離城窓緣澆竹淨地藉落花平書上秋螢火枕前春鳥聲但嫌呼小隱終是涉浮名

和姚存道寄詩韻

使者侵氷凍懽然寫我愁飆詩真晤語緣意及拏舟世路[illegible]紅足江山雪白頭無情尚成累吾道信

滄洲

溪橋散步尋春

春色今何在緣流細步中陰晴氣未定花柳意先濃漫遂兒童輩聊娛叟翁微吟送流水水急却過橋東

寄卞退之

百里毘陵道相思秋已深晝遲詩補過惠數愧驚心日月煩籠鳥江湖信水禽何時一尊酒君酌我鳴琴

霜降後一日書事

春霖接秋潦庶食六艱扎淵地俱成墊何人與[seal]蔔雷鳴天狗墮霜降野棠開逋竄空隣里深憂未即田

寄諸立夫

閒浔西村說君從八桂還詩當淵道路筆擬浔江山門內竹雖好堂中人未閒不應琴劍在又欲問函關

過甑山

林麓蕭蕭寺門幽不藉扃蒸雲山擬甗障日樹爲
屏老衲不下座對人還誦经閒来復閒去空損石
苔青

宿雨五松庵次張廷采

蓮宇依山足松蹊轉磵坳風泉清互荅雲月淡相
交櫚始今宵借門曾兩度敲莫嫌頻到此緣住郭
西郊

南峰寺二首

高僧避俗處亂石作禪關鴉入風霜老心将天地

閒當門鳥脚樹出屋佛頭山寂愛松菴静持杯酌

此間

其二

籐轎登〻去清明作伴行烟霞領仙路猿雀險凡

情茶磨緣泉轉甆尊激吹鳴山僧正課佛驚斷扣

門聲

與李兵部史西村陪秦武昌廷韶遊虎丘次

武昌韻時武昌夜歸拜封誥至留以此詩

冉〻春日落登〻遊興濃流雲過修竹靈籟發高

松泛酒池徧曲留人山故重使君歸捧誥一宿不能容

逍山高逸圖贈夃齋林郡博

逍山遊息處博士樂孫高天地安亭子詩書耗鬢毛衆花外白日芳艸共青袍載酒欲相伴浮生嗟自勞

石田先生集

長洲沈　周啓南著

後學錢允治功甫校

陳仁錫明卿編

五言律二

贈天香李公子

戚畹佳公子天香玉雪標桓伊教美笛秦女合吹簫酒或談三略詩多乎六朝屏風倚春醉花鳳紫金猫

客中七夕與鄉友小酌

客中逢七夕况見故鄉人拙送老夫老巧從新節新露華生地氣星彩合天津易別如牛女行杯莫道頻

東皋樹詠爲錦衣吴孟章賦

東皋宰木

大樹東皋墓蕭蕭風雨悲名存馮異傳氣接武矦祠見能孝来巢鳥亦慈霜皮二千尺况抱棟梁姿

南浦衡茆

盖茆緣守墓心不在安居淚洟無餘地乾坤有此廬雨時聊除濕風過謾炎疎四壁寒燈在猶堪照禮書

表柱秋風

危々表柱石矗々表中唐玉樹兩相望雪峯齊作行影隨秋月直標出暮雲長上有能言鶴千年思故鄉

圭田春雨

繞墓多腴地隰侖滑一成時無乎潢潦菑不及染盛鳥雀窺秋劃雲霞破曉畊何須分稍米嘗事足经營

函石龍光

誄德昭恩製穹碑刻墓菊青山立片石白骨借餘光科斗盤天篆蛟龍衛寶章夜深虹貫日祥氣發玄堂

苦畫自題

清哦無漫筆日日應酧同忙出閒情裡畫存詩意

中江山落吾手艸木伴衰翁閉户自鴻鵠冥冥萬里風

七月十四歸途得鄉人雨少信

我苗風雨裡出郭尚茫茫苗勢初疑劇天心好自公鄉人通訊次歸楫放歌中但惜居民屋重茅已半空

中秋對月懷陳起東

病中渾斷酒此夜獨開愁正滿青天月中分白帝秋誰家有東閣老子自南樓獨無人伴伴陳蕃令

遠遊

和陳僉憲悖之憫農韻

澡霖傷稼穡二季不曾乾樵樹雲光濕盧堂水氣寒催科令獨最撫字古猶難誰欲知溝壑吾當作畫看

殳芝爲道士作

淨者芝爲殳虛無托道根德馨期久化靈氣要長存仙蓋形霞合真房紫玉温醉中歌燁燁明月滿艶尊

從一堂爲孫節婦題

孤鸞悲鏡影誓不愧黃泉哺子方三月捫心無二天低頭秋織地闇淚夜燈前辛苦今垂白戒名此汗編

得東坡與晉卿定國二帖喜賦

童子衝寒送龍蛇握兩篇開心荒歲底刮目昔賢前燈淡虹光奪烟深墨氣全文章千古忌三老憶株連

終慕

有親雖地下死〻在心思少頃曾無忘終身乃是期鬼神知此念天地着吾私夜半驚啼處還因夢見之

與顔公懋夜酌

扁舟知遠意西日倚漁沙雨後花連地春深竹滿家蠟光驚宿燕人語間鳴蛙對酒將鬚攪相看惜歲華

和張豫源雨中問姚存道病二首

題詩嘗畏飯執筆思絲〻舉世皆民瘼非天獨爲

君四郊陰氣合萬木雨聲分想得揩顚地無言只
看雲

其二

經年一卧病簾幙鎮垂垂春枕鶯聲過秋巢燕子
離補茅分槲葉煮藥拾松枝自艳幽憂意留非二
豎知

和楊君謙釣臺四首

漢士崇風節先生第一流故人猶不屈新室奈何
求誓弗食天祿誰能加我憂終南成捷徑此道已

悠々

其二

去來能自信詹尹復何占黄鵠湧高舉赤龍非昔潛巒容存太古秋色寫清廉千載漁竿在無人敢借名

其三

先生非不仕々道屈君房措足星辰動榜頭山水長碧祠紅葉路黄鶴白雲鄉再讀范公記凛然如在堂

其四

羊裘當物色，此出有心無。似應太公望，何因諫大夫。官家聊故舊，處士儘江湖。長往烟波裡，悔人知釣徒。

戴章甫夜兩過僧寓清話

僂娥勞數候，晚户爲君開。簾子不辭莫，劉郎能再來。談詩風激座，把酒月當杯。相見未容易，休云興盡回。

咏雪

五味令口爽六花應不妨淡中吾有浔旨外舌誰嘗調點塩梅手飡追玉石方表安飽清氣勝食大官羊

除夕前一日客中湯興

世事隨年往頭毛與葉疎死生無固必節物任乘除砌色鷩新州庭柯聆舊裾燈候目在在猶不廢觀書

採藥使

傳聞採藥使志在括金銀自猷豺狼慾深違天地

仁恕咨無曠口窮匿有驁民果益吾　皇壽吾當不愛身

折杏枝揷瓶中漫賦

傍水分新艷寄瓶生可憐雖存頃暫地勝處寂寥邊老艳開烏匼（不舒貌）春容發白顛馬蹄三十里別是少年天

見別者

出門多路岐危酒安足辭雞舍舊親戚莫悲生別離指行山水遠愁到歲年遲始是去家日復戚千

萬愚

戲王惟安墮馬

采雲來往慣心急墮歸鞭借馬不知勞傷人當問安足嫌芳艸滑身就落花乾痛定還思痛載歌行路難

都元敬赴試

新科拔隱淪逢擢不勝春经術必用毋山林還有人九苞看舉鳳三浪促潛鱗仙桂凡千樹扳花要認真

立秋夜坐

霜毛隨葉落搔首忽心驚節物其如我乾且聊且坐誰家無月色何樹不秋聲好在清哦地憂然庭鶴鳴

承天僧寓見徐亞卿留刺

老生無住著久別野僧家上客空留刺何人道啓茶庭虛柏樹子簷落款冬花題句聊申謝相逢未有涯

一纙

儒者清羸稱精神覺有仙古推檔入相令與竹爲緣敢詫便便腹猶餘乞乞肩咏梅三百首蕭颯夜罇前

經陳永之故居

分明經委巷不是昔來時賢者留相憶空家住□誰艸蛩悲語在樹鵲故巢移仁義一如此令人心未衰

遇赦懷王文彪張宸

恩霑荒徼客歸似轉蓬緣喜劇家疑近心惱夜長

瞧到門堪羨日在路念無纏先擬一杯酒須雞話去年

姪存道辭選帰

長安萬人去之子獨何帰自邑錦繡段不裁嫁衣仙洲鳳麟遠春日鴈鴻稀一箇功名夢將詩訴昨非

燈花

小艸引炎英來依三尺檠芳菲媚長夜煨燼剩孤熒煤在容古喜書臨借發明自家膏馥在渾不藉

春生

雨後徑西園

小園西百步五畝未為慳得雨艸皆滿無風花自閒儘清全賴水論足尚虧山樹藝有餘餐其如丁者頑

秋夜與客小宴

四人吾一老歲月任翩翩白髮渾呈醜青燈聊結緣要教談笑地常在酒尊前偶合亦不易夜長仍可憐

元旦

換年加壽筭展賀壯堂中節候成三始惟心合大同璽催梅意懶陽振艸巨窮貪飲屠蘇酒集顏亦映紅

睡起

開門日又映煙抹碧林楯睡覺兩都歇心空事不交波明鷗洗翅泥濕燕增巢一餉蕭閒地吾耆可拋

九月廿八夜夢周元已以山水卷求題余湯

五十日作一

十

揮筆元已曰請少思勿草〻因沉吟一餉
得四語遂止覺後復夢足之元已為之稱
賞因兩次乃不忘耳

濫觴雖沼沚大赴必東溟浩蕩魚龍志洒雪鳳凰
翎風動勢相合天開迹亦靈高闢一洗眼几〻自

秋亭

客以扶留見問因答

侵曉着烏匼溪行畧約幽輕〻度不借滑〻粘扶
留因挐青州從來尋白社幽軒[illegible]去[illegible][illegible]已矣[illegible]

牢休

花朝雨中與王汝和小聚

與君將短髮，慚愧柳條春。白日急換歲，黄金忙殺人。慚憐知己少，獨覺老懷真。把酒不在醉，看花聊此晨。

二月二十日雨中

此雨送殘月，陰雲隱有雷。草雖宜濕長，花亦要晴開。滿澇魚爭上，泥深馬忌來。春山只隔眼，應待我銜杯。

種杏圖爲之明古謝陳味芝[illegible]其子永齡病
先生愛種杏許報藥功神門外少閒地城中無病
人君從千本內手占一枝春令子令吾倩加培我
有同

陳秋堂諭學瀛考壯行小宴虎丘步登高之
游

後已登高節無妨載舉觴與君常酩酊何日不重
陽山晚千屏紫雜殘數菊黃明年思此會或恐在
他鄉

史引之齋中十二覸分咏六角盆

陶盆超衆品滑瑩碧瑶姿坎内有容德足傍無躋時形分六出雪類聚十朋圈慎口更免詢金相歲已滋

戲如公 如亦善飲者

如老送黄老死生春夢中卌如飛鳥過人與落花空結社少隣並賭碁誰酒東醉鄉無壽容言記石田翁

病餘待旦

衾鐵淩衰颯無眠展轉頻雞餘千慮枕霜下五更人夢緒不可續窓光渾未真兩童床脚底齁睡怕教晨

病中懷西山

兀兀安衰疾重簾竹下房日閒忙者短夜為老人長薦粥修蔬品抄書類藥方西山行樂地蟄酒付誰狂

元日四首

物華初煥發鄙抱亦生春開歲始今日長[illegible]

人蟻醅浮甕冽鷄彩映門新笑進三分盞聊娛八十親

其二

賀旦亦隨俗筋衰拜奠便髩毛闢燕次曆紀嬪生年地氣通熒旱晴光入户妍小孫看溺抱不待衆人憐

其三

野俗誇占候年芳比昨强值人春立早加閏歲行長話緒及農切杯巡次客忙得時俱少飲獨後感

流光

其四

頻頻逢獻歲徤日憶兒童有毋敢稱老無年不願豐堂光靜宜壯風氣暖知東萬擾來吾慮悠然致靜中

人日訪徐氏妹

曠時思覿面引棹不多程未似鍾離遠便從人日挺携惟一榼迎拜有諸甥白髮團圞話春風達弛情

心古

先生服令服心獨抱皇初六簌俱不鑿一愚真自如就窪聊飲石邉樹欲巢居聖遠道則適床頭存辟書

過湖村

我家成聚落鷄犬夕陽時人影臨流揖帆梢拂樹移積禾高屋脊落葉厚茆茨隣並尤淳厚常通無有私

寄題松江袁氏林廬

曾聞卜隱地東海著潛夫蠹竹三千牘蠶桑八百
株来禽新購帖卧雪舊傳圖快覩當何日扁舟自
泖湖

七夕小酌王汝和累徵不赴

衰来萬事殊多病一龐軀只好閒邊坐那堪宫裡
驅枯魚泣逢水老馬恥為駒七夕[illegible]前酒勞勞此
會孤

過簡書記故

一簝峰絶處一衲一吟身忽爾有生肉寂然無此

人風翻破經卷雲護舊床茵只有青山在如〻似

佛真

黃溪春早為史西村賦

一水自西東春流浩蕩通樓臺明倒月舟楫坐長

空芳艸漁隈各茶桑蚕户同作文須記勝要自太

湖翁

朵嶼秋清為史西村賦

白瀨浮孤嶼天涵蒼玉涼近臨家壯向宛在水中

央翡翠迷東朵芙蓉自小庄采芳不可即矯首嘆

無梁

咏荸頭餅

蘇蒟方長拆作餌精相仍香劑圓從範青膏軟出蒸女工虛鄭縞士宴奪唐儀我有傷生感臨餐獨不勝

贈黄豫卿

兩奉尊翁命寒潮逆棹忙故人於我厚遠道與情長沙雨晚成雪溪雲曉護霜寡辭年更少王氏有賢郎

寺門

挽馬白庵

物外知觀化人間不可尋筆神窮音髓詩妙滑唐

心白髮霜痕淺青衫艸色深每思提誨日清淚濕

重襟

挽王伏成 家有水月軒■

為善煦如春蘭香遍四鄰可憐輕薄俗失此老成

人白璧空埋玉黃金莫鑄身南軒秋水上明月與

誰親

挽沈公望

環堵四蕭然無人送酒錢半生如短夢一死是長眠兩竹啼秋圃寒蕪瘞瀼田哭君雙淚眼頗見嗣人賢

挽琴師楊思道

白髮即黃泉傷心已及年人琴俱已矣城郭自依然月冷啼烏樹春荒養鶴田故交今太史銘墓筆如椽

哭吳錫文桂

汝殘汝親存狐蓬已斷根乾坤今日數母子一般恩哀目惟潄淚燒香不返竟他生渾未卜或有夢黃昏

悼清公

三年不到此一到失清公影相丹崖月袈裟碧樹風入皆夢幻耳世在去來中短咏酧長別芭蕉古院東

悼鄰叟

八旬筋力在舉止後生然灌稻畦烟裡撒蔬園雪

邊生無息肩日死有到頭年尚屬諸孫輩成家莫
懶田

挽如公

如老身無着將來典醉鄉號他酒有袋是箇臭皮
囊積禍必自發爲生安可量長眠當不醒殊莫悟
存亡

哭金懷用表兄四首

奔波郵覺病但見吐卑茵一頓可缺食百年無到
人何膏起其死有淚出於親聽雨秋堂夜深[illegible]

老身

其二

近哭孟光死傷多病有因不堪衰秩裡頓失老成人生氣不借轂寘盞空薦蘋橋頭思健步已負野梅春

其三

處世多存辱眼前誰似君老年兄弟行一派死生分故宅迷秋水新阡擁暮雲勒碑吾自任未敢謝無文

其四

南畝墊秋水憂懷縈老窮勞生百不足到死一成
空身脆如殘葉病來加朔風昨宵談笑是暫落夢
鬼中

挽虎丘簡書記

詩新病中身苦吟終損神青山見在世白髮過頭
人花落三泉兩雲荒萬頃春惟餘石上竹消瘦似
清真

題小景

江水入吾興隨筆散清華峰影分斜日波容寫落霞惡橋通市迹喜樹隱人家此地如堪買分畦擬種瓜

題鳳圖

真鳳眼未見丹青徒假威千年希世出九仞自天飛堂上忽屏幃人間定是非良工勿輕易五色慎毛衣

蜀山圖

畫裏蠶叢國亦知行路難峽流一貫水雲出萬殊

山鳥道愁人際猿聲墮淚間寄危憐意匠深可戒安閒

題振衣千仞岡圖

陽岡振新浴爽氣與秋通鶴氅照片雪鳳翎開太空乾坤兩長袖塵土一泠風熱惱下方路何人高蹈同

題畫

扶藜衎風日一路且看山黃鳥綠陰處白年青艸間閑憂凝小步曾喜破微顏恒被隸儕見誰何斯

人間

題畫

山家自烟火杳杳離人群岩樹落紅雨石窓生白雲捫從因偶過世事得新聞遂遂班攜收幽踪不欲分

題畫

高躡千仞岡身超傲睥迹下俯見城郭雲霞乘履舄欲拉浮丘公相與話疇昔東南有飛鶴目耽入秋白

題畫

松間函短拂嫋嫋漱清颸有鳥忽然語而吾默爾時澄懷秋興浩裊髯雪如期天气闊時日還須着一詩

題畫

眺遠累登頓林梢拂傁鳧江長要天接雲嬾欲風扶落日在溪山秀色浮眉鬢臺高興亦超空歌徹清都

題畫

流泉無停迹靜者臨其旁跳珠石觸起霏花衣滲

涼傾聽入希聲載歎空膏粱嗒然與心[illegible]豈殊嗟

望洋

石田先生集

[明]沈周 撰

下册

文物出版社

石田先生集

長洲沈　周啟南
後學錢允治功甫校
陳仁錫明卿編

七言律一

擬　勅借岐王九成宮避暑

五月還聞借翠微九天涼氣襲龍衣翠華縹緲通
丹壑仙仗參差映紫闈樹裡笙歌臨月出水邊臺
榭見雲飛宸遊半是閑親愛長枕風流未始違

擬奉和　聖製從蓬萊向興慶閣道中留春望之作

蓬萊咫尺在人間遊幸乘春樂未還向覺鑾輿通碧落平臨閣道見黄山日開三殿花光合雨過千門柳色閑不是恩波深似海上方那許一躋攀

擬春日　幸望春宮

帝子宸遊出九關離宮遥在翠微間卿雲上捧雙龍闕秀色南臨萬歲山禁樹成陰春日静宮花落地鳥聲閑瑶池未必能如此八駿何須日往還

和陳成夫詠史十首韵

太伯

萬古同推固遜賢揭如星漢廣如川一身去國三
千里此意成周八百年端委桓〻吳始作春秋肅
肅祀相傳青山有藥令誰采草木無名滿地烟

仲雍

上順天心下合兄南遜無渡頑幽泉典吳相繼乹
坤綂讓國同開日月明裸飾不懲蠻俗異隱居能
中此身清江山如舊廬風遠回首紛〻我戰爭

季札

願附子臧成大節，當時富貴不能滛。百年次及先人道，萬古相推義嗣心。碧樹掛雲孤劍短，青山耕雨一犁深。嗚呼重致宣尼筆，四尺高墳耀古今。

闔閭

南國由來禮義虧，內家何足恠相欺。魚中匕首無人覺，指下戈頭不自知。廿載未聞彤餙罷，九原空使禾爲池。孤兒昧保金湯業，轉燭山河不姓姬。

夫差

錦繡樓臺沸管絃西施扶入醉中天若教破越成深沼未必平齊是石田魯國有人歌旨酒甬東無面入重泉穢今伯業知何處禾黍秋風白鴈前

子胥

平生忍詬讐家忌直道匡君佞者猜楚恨一朝鞭下雪越兵三戰眼中來梓材夜雨將愁老馬革寒潮果恨回今日題書弔陳迹胥臺高倚夕陽臺

春申

崇爵高勲海內稀江東風土澤膏肥能教趙客懸

珠履宵使咸陽滯布衣李妹不生無妄福朱英先
識㨿權幾當年得失今重論湯把青尊對落暉

三高

古祠南望聳鴟頭祠下平湖日夜流越相豈宜来
附食吳人應是不知讐斫鱸刀滑松江晚飱鳥闌
空甫里秋千古是非何處問芙蓉花下有闌鷗

陸贄

奉天身獨係安危内相嘉名四海知臣節盡於多
難日君心忽在小康時論成姦蠹基南擯製得方

書啟後塵惟有賈生同一調人才時命總堪悲

范文正

百年間氣斯人出耿〻功名日月光王佐有才時論許鼎司無位主心傷胸中虎豹藏兵甲筆底風雷擊奏章世澤綿〻天地近義田連絡子孫昌

卻金爲劉進士約之賦

黃金不許謝賢勞方寸冰心只自操南國有誰猜薏苡西川無種帶葡萄山瓢曉酌廉泉潔使節秋臨海月高獨羨尊翁仕池上清風吹出鳳凰毛

送蘇雪溪歸越

買碑欲刻孟光銘歸思驚秋夜不寧世路交遊悲落葉人生離合類浮萍無情客鬓詩中白入夢鄉山枕上青沙水孤舟明月路西風犖落酒雙瓶

怡野

心遠自成幽僻地移家不必入千峰路通綠野城三里屋遶青山樹幾重別圃煖烟分芍藥小亭秋水看芙蓉田園生事年年足莫怪樊遲愛老農

其二

銷金城裏足樓臺小小茆堂僻處開滿地落花無馬跡半窗殘月有雞催茱萸酒盞重陽雨科斗池塘上已雷彷彿少陵棲息地不聞租吏打門來

謝沈以節畫

粉奩塵滿研池枯且款清談事酒壺好客諸侯何處有通財知己近時無芭蕉夜雪闌新興蛺蝶春風[illegible]舊圖念我平生釣竿手扁舟特爲寫江湖

贈夏太常仲昭

老戍曾屬四朝知腰下黃金鬓有絲九棘風雲卿

相位兩輪日月奉常旗墨池新水龍鸞帖彩筆清風宿鳳枝聞說懸車帰舊隱玉山高卧酒酣時

半隱爲散官魏原齡作

爲官領取舊烟霞怕踏紅香只在家窗下攔書非草奏門前栽柳當排衙青山拄笏閑消酒烏帽籠頭自煮茶如此宦遊渾不惡依然三逕有黄花

劉秋官廷美奔母喪回

清白蜚聲粉署郎手扶削杖忽登堂十年頭上長安日千里書中阿母喪心血瀑滋新眼淚線痕徧

感舊衣裳應知讀禮黄昏畔落盡缸花夜雨涼

己巳秋興

燈火郊居耿暮秋壯風迢遞入愁三更珠斗隨天轉萬里銀河接海流纔華簡書何日見觀亭冠蓋幾人遊側身自信江湖遠一夜哀吟欲白頭

送吳朝陽都閫之任淛司

梔花春水古城濠僧寓遥煩降節旄雙鬓相逢慙我老十年不見覺官高新篇爛熳牛腰卷舊酒淋漓獅子袍南國喧呼迎■制千兵夾道擁弓刀

送朱武選調常德别駕次李西涯學士韻

恩華浩蕩繼長遊，一牒南從楚國投。世事未能容我料，風波不足使人愁。浸消惠飯須佳句，先設潮陽酌遠舟。廊廟江湖俱宦達，天涯持酒看雲流。

和林郡侯送王敬止赴任瓊州韻

休云寵辱遞相催，信自先生直不回。怖鱷莫憑瀧吏説，蒸羊好待相公來。乾坤是處皆容物，小大無官不適才。早晚春風即吹到，海瓊花叢也先梅。

送王敬止謫瓊州

流行坎止世途中萬事由天：相公失馬未能知禍福辯烏何必在雌雄賜環擬望崖山月用楫當歸漲海風白髮一杯分袂酒相迎還許送時翁

送山陰秦傒正謁華光祿

瞰庄賢主得佳賓百里清川映綠蘋酒榼詩囊塵外物山光水色眼中人石池俯雨魚苗暖畫閣開簾燕子春此地持杯如見憶高篇擬寄蠟封新

送晏青雲還蜀

詩艸琴張共一囊輕舟八月過瞿塘功名如夢青

雲遠桑梓開心白髮長喜脫豸冠尋隱計閒書牙笏記丹方登高王粲應憔悴始信江山非故鄉

送客南遷

江上春風吹逝波流華鷺目易蹉跎一身去國天何遠萬里求田草正多曉棧入雲穿虎豹夜船停火見黿鼉大夫宵酒臨岐淚釀酒南雲和九歌

經舊遊

錦香亭館遺橋西疋馬重來路欲迷尊酒已闌花事落衆人皆去鳥還啼黃金玩世終何用白日偕

年却易低猶有碧闌干畔石脩題無迹卧春泥

和趙大參行恕留别詩韵

南紀參藩經故國仙槎暫泊又乘流碧鷄向曉雲迎旆黄鶴臨江月滿樓萬里關河應隔歲十年客鬓獨驚秋便須爛醉覊棲節莫向蓬門負此遊

與徐七遵誨夜話

清談耿耿破秋眠燈火空堂戀髯邉白髮細傾憂國酒青山閒詠卜居篇曹劉方駕當慙我韓孟同心豈論年菰米炊香蝦菜熟也須一繫秣陵船

送徐武功南遷

落日西風萬里舟布衣涼冷獨驚秋樓臺細雨飛
玄鳥江漢閒雲卧白鷗天上虛名知北斗人間往
事付東流金縢莫道無人啟休把覊愁賦遠遊

宜晚軒為玉公賦

湖山佳處小軒成薄暮偏宜物外情明月未來風
滿樹夕陽猶在鳥無聲黃花共客詩中老白髮催
年定裏生塵海行人不知此勞勞心迹俟誰明

宜晚軒為璉公賦

桑榆影裡贊公房風物應非畫錦堂滿地夕陽閒
掃葉六時清漏自添香行人過去青山靜野鶴歸
来碧樹涼更把殘經待新月滕蘿石上色蒼々

謝懷用和刋鄙作

漁歌聊遣釣遊時珍重新編采作詩半丗不才深
自惜故人何事誤相知應無池草春生趣亦少江
楓冷落辭憖見虛名懶開叅寂寞燈下雨如絲

梅軒爲侍御陳有成賦

久知清白負時名未見紅芳已自榮林下美人還

有子（僉憲公）江南樊舉更宜兄（僖敏公）踈簾依約春星
聚虛壁玲瓏夜月明老盡蘇州陳侍御歲寒不改
故園情

松泉用周桐村韵

屋頭落〻干雲立屋下潺〻傍石生世人有材終
自用山中無事不須鳴開門掃葉知風過濯髮臨
杯見月明願煑茯苓三百斛我將分取一杯清

寄周桐村先生

抽毫與合事黃麻閒對清江惜鬢華山縣簿書前

叟迹莫堂文字老生涯荷鋤還著烏紗帽借船常依白鳥家聞道閉門春寂寂卧聽風雨送鶯花

寄蔣主忠先生

長安市上開醫肆就買圖書費藥金家遠終南真是隱詩追武德好同音鳳凰臺古秋頻吊蟋蟀堂空夜獨吟白髮交遊未忘我尋君寧阻一携琴

登多景樓

樓高風露怯絺衣百尺闌干立翠微客裡酒杯黃菊近眼中親舍白雲飛空江水落魚龍靜古甸霜

清草樹稀很屈雄談人不見劍歌牢落送斜暉

周核書宗道主吾塾自吾弟以及吾兒去就十餘年因竹請題寓情有詠

一別清風又十霜重來三逕未全荒此君已覺垂垂老稚子今看稍稍長書簡湯消新歲月漁竿不獻舊滄浪試呼濁酒歌淇澳昨夜疎簾雨正涼

滑陳允德兄書

蓬門西逕掩風衫百里能來致一函不見秘書心欲病宛逢諫議手開緘窮經獨羨青藜杖托命空

持白木鑱明日吳門應有約竹尊呼酒與君街

賦得吳彩鸞壽邢孺人

崇元觀裡住鸞仙十二瓊樓小洞天金籍湯通新
姓字玉詞曾結舊因緣翠圍甲帳深沉月紫繡羅
襦縹緲烟留得韻書題筆在墨痕無恙又千年

送陳啟東司訓濟陽

官清地散稱詩人此去兼尋泗水春懷土不生南
國士移家就養壯堂親舜田禾黍青山雨伏氏圖
書素壁塵別後雙魚如有意好從江漢問乘綸

息後即事

麼毋忽驚春夢婆婦來看月在烟蘿詩能減帶頻

頻瘦酒不梳頭目〻科翡翠小堂芳艸合子規深

樹落花多百年已信須臾事能自偷閒奈我何

贈碩一松外史

何處天風到羽車相逢便作醉生涯碧桃流水人

間夢黃鶴孤雲海外家九市玉符常賣雨千年仙

飯只餐霞春深未是歸時節老盡長松一樹花

感雨

雨〻風〻久未晴不眠人起夜三更玉川擬問顛崖命錦里空勞廣廈情社樹有靈陰火出海田無畔晚潮平朝來見女應相訝謂底多愁太瘦生

退後即興寄沈廷佐

一從歸踏舊漁磯便覺心情與世違林屋夜涼黃葉下水庄秋淨白雲飛常時有券因賒酒每月無塵不浣花亦冷東林老知己苦吟先我鬢毛稀

邊靜亭為翁摠戎賦

十年海外不飛塵白髮將軍樂事新稍米平分題

剌容寶刀平與賣牛人鸜鵒送酒笙歌夜孔雀開屏錦繡春亭上風流何得似滕王高閣倚江濱

印溪書舍爲陳允德賦

仲子何須録事錢清溪自賦卜居篇白雲春滿書聲外秋水閒門月色邊桐葉滿床冝醉墨桃花吐屋誤漁船日長地静無人到只有沙鷗相對眠

寄金以賔

門前流水落方塘想像盧鴻舊艸堂山雨濕衣梅子熟輕風吹面柳絲長比鄰儘許分閒地別業還

堪置小庄雅詠清吟殊嬾墮惟應杯酌送年光

柬黎郡博大量

落地文章能浩蕩只今才力更精靈青氊舊物移諸郡白髮新霜照六経石上高絃開素月水邊虚閣帶春星一官未許投閒去五老從教入夢清

叅[illegible]從役之京

手携鑪鍋別諸鄰去踏長安陌上塵病遠一身千里道貧移三口半家親傷心月色孤輈夜濺淚花枝故國春四海秖今都賣劍莫愁長作不歸人

和倪雲林韻

蘭渚春潮廻棹遠菊籬秋雨閉門深行厨斫鱠烹
鱸玉秘閣燒香鑄鴨金雞後移家迷逐迹老來懷
國剩初心畫圖省識雲林下依約仙蹤似可尋

聞黎郡博乞歸用前韻寄之

秋堂昨夜誦移文一片鄉心逐楚雲五柳歸來雖
未卜二疏陳乞已先聞年華不是頻催客山水何
堪久住君應有諸生挽行色離程肯向馬前分

正菴爲張克紹賦克紹嘗從母氏徐令渡余

姓故譜

予正綿綿百世餘，宵將初姓別從孫。魏公不復稱朱說，秦相終當愧范雎。今日有人修故牒，十年無恙見遺書。清風喬木依然在，手葺先人舊隱居。

和陳起東司訓見寄韻

江東日日望秋槎，何事歸期未有涯。雖爭暫回方得信，老親同住不思家。河流曉漲山城雨，岳色晴分海國霞。昨夜寒窗倍惆悵，故人千里卜燈花。

奉題雲岩雅集卷

故園山水愜登臨白髮黃花帶笑簪林下衣冠綸
閣興老年詩酒奉常心蒼苔片石窪尊古落葉迴
廊步屧深更有同時隱君子陽春一曲共知音

寫懷寄僧

虛壁疎燈語亂蛩夜懷如水怯西風明河有影微
雲外清露無聲萬木中澤國蒼茫秋水滿居民流
落野烟空不知誰解拋憂患獨對青山憶贊公

送童黃門志昂出宰壽昌

朝奉除書下玉墀黃門回首即天涯浮雲蔽日何

須問明月同心好自知空跡何堪同越鳥楚詞多
是予湘纍江南未許淹才子宣室春風有所思

和張保定留題北寺詩韻

鐘磬玲〻隔水聞當門高塔倚斜曛綠蘿深逕棲
殘雨黃葉空臺積暮雲已拂壁塵留艸聖更因香
炷事桐君碧山學士清遊後應悔銀魚不早焚

雨中經黃氏故宅

湖水東頭是故居野烟蹤跡見還疑不堪搖落秋
風後況渡經過夜雨時三徑就荒苔有色四隣供

爨樹無枝興亡自古何須歎太尉平泉石已移

蜀道兵興闕遵誨尋舊業

風火西川萬里餘扁舟此別意何如衰遲自可加餐飯離亂無由數寄書江上羈愁衣帶緩鏡中勲紫髯毛踈秋來無鄉多風雨遥憶城都舊草廬

和陳怡然先生所示韵

浮宦浮名付兩忘角巾歸第自徜徉杯傳吳市新篘酒衣帶藩庭舊賜香醉後雪詞誇古調老來霜鬢感流光秋風日暮江南岸手把芙蓉惜故芳

佳城十景爲陳內翰緝熙作

靈巖晴旭

石磴盤迴出半空上方初日已曈曨青林樹色微分白翠壁嵐光遠映紅伯國山川殘月外梵王宮殿曉雲中傷心只有西原下不與人間白晝同

震澤秋蟾

片月飛來湖上頭亂峰高下素華浮金尊不見仙人間白壁空隨浙水流風露無聲三萬頃山河有影十分秋英靈杳杳今何地天府清虛托遠遊

光禧烟霏

霏霏如有復如無，望裏芙蓉翠鋪。孤塔斜陽迷上下，長林秋樹入模糊。暮山佳句滕王閣，疊嶂愁心定國圖。西去伏龍三十里，時時佳氣接楸梧。

穹窿雲氣

重疊浮雲遶翠微，雲山終日自依依。林巒片影隨風度，草樹清光帶雨飛。仙梵蒼茫知寺迥，丹梯縹緲見人稀。玉堂學士思親處，膓斷仙輀載不歸。

天平嵐秀

浮嵐起處識崢嶸山色渾疑點染成翡翠曉光彷
彿映芙蓉晴影最分明淡含石屋餘霏在暗濕龍
門細雨生壯向風來忽吹散高封遙見太丘塋

古廟喬松

紫泉祠畔百年松高蓋亭〻倚半空陰壁飄光山
色裡閒庭落子月中明清秋仙鶴溥〻露深夜靈
旗獵〻風〻木有聲廬墓處令人相感恨無窮

寄心修竹

祇園百畝綠陰寒瀟灑清標不厭看上客有時來

嘯咏老僧終日候平安蒼雲墮晚花宫凈翠雨含秋石塔寒還過東家埋玉地春風吹長化龍竿

海雲茶屏

爛紅題咏屬坡仙冒雪開花萬木先雲錦爲屏無别樹珊瑚連理是何年平臨百尺香臺上亂映千燈繡佛前還似狐兒眼中血西風吹落白楊阡

沃壤西成

極目重雲接地黄豐年景象屬山鄉莎鷄在户開場圃鴻雁來時足稻粮金粟亂垂霜下穎玉堅初

澗雨餘房明朝新酒兼新飯持向松楸奠夕陽

伏龍晚眺

伏龍崔處倩眠牛舉目何堪此地遊雀語未來華表柱仙魂仍在羽人丘青風落日遙山暮白鳥孤村野水秋風景蒼茫歌屺岵傷心不比過西川

壽武功伯徐先生

脫屣名區

公府人才第一流解軍歸作五湖遊久知宦海無鱸鱠寧爲恩波阻釣舟名歷尚嫌弘景相功成不

戀爭房矣角巾無事春風裡笑倚南山筭酒壽

遊心物表

心遊八表已超然何待身輕凌紫烟海作鵬圖時默坐天將鶩扆日高眠仙人掌上金莖露太華峰頭玉井蓮便欲飡和還攬秀逍遥度世不知年

放歌林屋

湖水湖山天下奇山鳴水湧放歌時楚聲欲繼三閭橘漢調還同四老芝秋淨鶴鶩雲裏樹夜涼魚聽月中池茅公更是知音者遥和瓊簫不歇吹

濯足洞庭

萬頃滄浪自取之船頭濯足是歸時賜閒已謝尚書履好古重賡漁父辭晴逐流光汎春漾晚乘殘酒羡風猗行人多少鷗羣外向日紅塵步〻隨

芳園獨樂

買地還銷舊賜金春園五畝樹沉〻尋常種藥除青艸獨自鳴琴就緑陰取月用風無盡藏傍花隨柳足閒心此中成趣誰能識高咏堯夫首尾吟

緑野清遊

補屐提壺日不虛青春行樂興何如尋山不記來時路愛石多留醉後書芳樹斜陽聽滁鳥空潺流水見濠魚自緣强健能仙術飛步何須白鹿車

草閣集方

上相閑編濟世方研屏清晝墨花香欲與舊錄刪尤驗思邈遺編續更良艸木有靈遺臭味生民無日見膏肓仁人自有延年術閑戶書成歲月長

梅窓註易

江南歸隱對寒梅註易猶施萬變才月下衍臨蹤

影到雪中推復素花開艸玄給事何堪擬訓故將軍不再來塵靜碧窓人默〻不知生意滿靈臺

頤養天和

自然樂地少人知上相安居歲月遲習靜常開虛白室消閒時註太宗師眼看生意庭前草四咀靈芳石上芝抱道欲隨天地老更於何處覓安期

逍遙壽域

堯天舜日四時春玉帶朱衣一老身化國逸民新版籍師垣元老舊經綸閒尋園綺思投紱近卜松

喬顛結躃不惜文章千載物毋書片帋與時人

天全公書約登山不果寄此兼柬祝侗軒劉完庵錢未齋避菴吳三首

上相偏憐物候新追隨詩酒我無因不知此樂今何地定說同遊少一人簪菊未須羞白髮看山還道勝青春他時處處觀題詠醉墨淋漓總入神

其二

看書空愧去年期已負登高又一時風雨不妨諸客興湖山偏動遠人思長廊栗葉竟峰寺清酌鱝

花苑老祠亦欲扁舟追逸迹恐他黄菊咲来遲

送顧安道僉憲河南兼柬劉欽謨

僉憲新除向洛陽巍巍冠豸照離觴天涯宦迹勞王事馬上行人戀故鄉茂苑早禾猶滯水穀城秋葉盡飛霜到時擬見劉提學煩道相思鬓已蒼

屋破

溪西拙叟百無謀豐歲啼饑易白頭江上茆茨誰為補人間風雨我先憂私田滯穗陪租拾野溆離胡抵税收三歎陽城無復作于今上考屬誅求

和張廷采韻

桑榆斜日有餘輝十畝陶庄一董帷藥逐晚吟千步歷竹窓秋譪樵鳴機筆隨人老青山妙頭爲丹成白髮稀聞說故居三泖上水禽沙鳥鎮相依

和陸古狂秋夕寫懷韻

微吟江郭伴啼螿一樹梧桐送早涼清興每從狂處發客懷都向醉時忘故鄉書信燈前兩殘夢關山馬上霜我欲留君過冬去清溪深竹有茆堂

送梅谷曄公還松江舊業

淞江已是十年違隔水疎鍾憶翠微舊業恐隨秋艸沒故山今共白雲歸翻經石在藤花滿施食臺空鳥跡稀聞道枯禪林屋底古梅殘月有餘輝

和友人登城樓有感韵

閶闔門西晚泊舟猿懷多在夕陽樓傷心畏説前朝事為客愁逢遠道秋衰草湯隨陵谷變寒江還遶郡城流思鄉吊古堪頭白王粲于今已倦遊

因贄公之洛陽附呈劉僉憲

天涯十載嗣音疎喜就遊僧問起居江左蓴鱸渾

似舊洛陽桃李逕何如使車行處多懷古憲府公餘每著書東老于今貧更懶石田春艸未能鋤

石室小隱

岩栖穴處傍雲根四面芙蓉一室存辟許仙人留古篆酒邀木客共污尊砂床日煖蒸雲氣鍾乳春深溜雨痕習靜山中如太古淵家明月夜開門

讀謝疊山書

顛避弓旌作楚囚南冠憔悴一孤舟開心故國惟清淚欠死餘年已白頭栗里菊荒猶有晉首陽

在獨無周忠簡慷慨知何地山水蒼〻古信州

陪天全公登秦餘杭山遊源隱精舍天全有作輙渡次韻

黄樞肉相耽山水詩酒頻年樂事多登覽自憐身健在追陪其奈我閒何石林細路通微步松徑流淙荅浩歌莫道筍輿歸去晚羣羊猶在小兒坡

渡陪天全奠劉草窗墓次韻

老大乾坤一草窗平生詩酒湧如江愁來孚羨歌徧切老去元龍氣未降處丗信無人滿面感懷空

有淚成傾只令派塚壺猶在芝蓋停停倚玉缸

陳啓東校文浙省仍還濟陽

詞華已過建安曹況典文衡價轉高江左喜收千里馬人間今見九方皐黃花故國逢新酒青草頻年惜舊袍只暫相逢又相別短亭秋雨賦勞勞

送諸立夫歸杭

囊琴孤劍托高閒只在尋幽弔古間東老留君無付酒西湖歸夢有青山城陰古道秋分袂月下扁舟夜度門知是漁磯別來久海鷗應自候南還

台灣壯隴壽藏壽邵憲副宏譽

南極流輝臨壯隴臺官久視學仙人白頭鎚卜山中地青眼還看海底塵鑿玉一窩天不夜開雲十畝氣長春酒壺詩卷高遊處誰道司空有後身

聞吳原博既不㨗于禮闈又連失子女恐其遠回有不堪于懷者先此爲㦖

聞道故人今薄命病懷臨燭夜無眠劉蕢下第誰廣策東野亡兒我問天且放古文傳海內莫將情淚落燈前長鬚未白青春在仁者終當有象賢

讀童志昂清風稿

一編新寄自嚴州洗眼開心讀不休夜月有輝生白壁春風無跡動黄流潮陽祭鱷多高思蜀道聞鵑足遠憂落落乾坤雅音在獨憐絶唱少人酬

送僧

東林回首憶烟蘿瓶錫飄然柰别何明月心期同處少浮雲蹤跡散時多孤舟極浦隨潮發踈樹斜陽趁雨過珍重留題在修竹懷師一度一高歌

和黎鄰博索畫詩韻

久知夫禄遲䌷文學舍何堪容子雲吴地亂蛩燈下語楚鄉来雁雨中開青山繪事當慚我白首詩名獨數君寂寞西齋一瓢酒清談思與故人分

並蒂蓮

耶溪新緑露嬌癡两面红粧倚一枝水月精䰟同結願風花情性合相思趙家阿妹春眠起楊氏諸姨晚浴時今日陸郎慷㤶畫為渠還賦斷腸詩

至保叔寺

寶石岧嶤聳梵宫古城西畔亂山東熒〻高葉丹

林露嫋嫋遊絲翠壁風下界行人映松竹半空飛鳥拂簾櫳故鄉迢遞獨登塔烟水長洲一望中

修公房

故人同住竹邊樓眺遠登高一月留城郭西来千嶂合海門東去大江流行尋芳草緣山足坐見飛花點石頭更喜修公知客況夜燈呼酒雜茶甌

張伯雨墓

瑩石山頭生紫烟高墳遺脫尚依然已知鴻寶隨人秘猶有鶴聲與世傳幢影翠搖巉畔竹佩聲寒

瀉月中泉古杭城郭東來是應識先生化寉年

西湖用史明古韵

水色天光照總宜紅樓綠幔鏡中移遊因湖便人忘妙趣在山多酒放遲問柳湯尋前代跡看花重省少年時月明更有餘情在愓把新詞補竹枝

石屋洞

仙居寂寂稱冥栖地遠山重與世迷靈竇雲深龍蜿蜒古崖人斷鳥巢低燒痕半毀真加佛苔色偏侵似道題願學長生謝烟火采餐赤箭與青泥

宋故宫二首

金殿岧嶢立翠微中原遥見虜塵飛兩宫鴈泣愁
雛托七廟鵂鶹恨不歸湖上花香薰紫鎖雲間樹
色映黄扉只今惟有山僧住鐘磬泠泠送落暉

其二

松嶺行宫倚夕曛繁華從相太平君江南喜有文
侯命河北愁無靈武軍翠閣迴臨千澗月珠簾齊
捲萬山雲笙歌如海春風裏五國城頭可得聞

送友人以書禍流南方

誰道書名是禍基湯抛筆格任天涯孤舟惡泊猿嘷處長路愁逢鴈轉時燕石是非何日定楚天雲兩使人疑知君似悔爲儒誤及愛農桑學已遲

宿江上

獨客東還宿楊子秋聲人語感他邦林風初過葉辭樹山月正高潮滿江無數商船依夜柵幾星漁火入寒窓孤篷此際不成睡愁老明朝鬓一雙

題德忠觀圖

飛觀岧嶤擁赤闌淸都曲密到應難月移殿影搖

堦靜風引簫聲碧樹寒竊藥靈龐窺石室繞香仙
鶴下徑壇尺書早晚通相訊洞裏桃花欲借看

梅杖

南枝截自六橋邊浮伏春風度老年龍腊褁雲蒼
玉潤蛇皮粘蘚碧花圓雪中瘦倚詩留迹湖上香
拖酒壓肩欲共鳩藤品高下明朝攜取問逋仙

寄丘大祐

草堂涤住水晶宮草色年年四壁空西漢人村東
閣外六朝詩句壯窓中乾坤短鬢有銅雪湖海新

涼白苧風百里相思不相見只將雙目附冥鴻

送友人遊三巴

三吳遊子向三巴千里東風送海槎蜀道雖難無倦客錦城云樂未如家江花落處聞蠻鳥嶺草深時避毒蛇惟我羨君年少日詩名西去達天涯

奉和忠庵世父留題有竹別業韻

舊宅西來無一里別成農屋傍長川真堪習靜如方外雖可為家尚客邊賃地旋添栽秫鑿池新瀹漚麻泉北窓最愛虞山色也似香爐生紫烟

其二

散髮休〻依灌木洗心默〻對清川一春富貴山花裏終日笙歌野寺邊聊可幽居除風雨還勞長者訪林泉留題尚在亭前竹淡墨淋漓帶碧烟

其三

人愛吾廬吾亦愛秋原風物帶晴川蘭甘幽約宜堦下竹助清虛要水邊只好蔭節同背郭何須蓄石慕平泉苦吟自覺多新病華髮時籠煮藥煙

其四

比屋千竿見高竹當門一曲抱清川鷗羣浩蕩飛
江表鼠輩縱横到枕邊弱有添丁堪應户勤無河
對苦知泉春来又喜將千耜自作朝雲與暮烟

病中書懷

秋来抱病在藥床短髮緣愁大半蒼壯使數能傳
瘦癘南方猶未瘥流亡書中積漸止魚蠹枕上倉
惶問藥方况是湖田厭煩暑稻花零亂未收房

送汝中舍行敏還朝

内翰還朝白露涼鳴珂臨發更登堂侍親已看中

秋月待漏行逢五夜霜池上詔麻書御墨殿頭衣
袖惹爐香罔宦多有江東客攜向尊前問故鄉

病起訪吴原博值傷暑不面夜歸僧寓有作

用劉欽漢韻

病起相尋力未支角巾新裹帶絲縧逢君又是秋
傷暑為客無聊夜遣辭硯沼露華燈隧影簷牙月
色樹交枝情知此會應難得別有清尊話所思

送方道士訪陳肯庵無東陸古狂

凫舄東遊下碧峯洞門深閉兩寒松若尋洛下陳

老衲定見雲間陸士龍修竹曉窓留姓字古苔行
逕寄仙踪無由拂袖從師去獨有相思意萬重

和陳允德見寄韵

詩織珍重寄來頻寫得江村樂事新已藉雲山安
白髮敢因名利問紅塵幽居種竹愁無地病眼看
花畏及春踈懶如今惟縱酒自憐東老是前身

喜吳原博及第

羇吳久客兩京塵甲榜前頭忽致身河閣頻年違
鳳鳥魯原今日見麒麟文章豈但誇時樣事業還

須繼古人海上老生驚喜後强呼杯酒醉殘春

聚景樓爲前人賦

高樓面面少風塵罨畫江山伴老身信美于今是吾土好居從此學仙人遥峰入座天光晚遠樹浮空水色春觧組歸来重登覽白漚應笑白頭人

寄陳啟東

百粤經年信不聞楚吟聊復訴離羣君王自憶年玄保工部空憐鄭廣文海嶠樹深春有瘴山堂衣濕早生雲遥知綮荔多風味醖釀新詩可見分

夢亡弟覺而述懷

秋燈涼冷夜窗虛黄葉蕭然髩影踈夢裏弟兄滋
淨淚愁邊風雨念田廬莫嫌沈約常移帶始信虞
卿解註書如此令人苦無賴滿堦新水看遊魚

九日病中憶弟

西風吹面淚横斜敢倚清尊戀物華緩急弟兄無
在者蕭條門户剩貧家忘憂何處尋萱草卧病從
今背菊花聯桂堂前舊時月照人今夕在天涯

歌風臺

馬上功成漢已基伯心猶托大風詞四方欲守何須猛故國重遊未足悲零雨清塵思玉輦飛雲遠樹省朱旗只見原廟千年後嵬嵬能來未可知

九日和李思式予亡弟留別詩韻

露下秋燈冷著花感情懷舊過貧家弟兄能在今無幾憂患相尋老漸加對酒酷憐人易醉插茱萸見鬓與先華明朝又是東西迹月送孤鴻度落霞

和方水雲寫懷韻

雙鳧昨日下吳州身外浮雲似水流得意誰知庄

忒馬忘機自識海翁鷗故園作節黃花雨客枕西風白鴈秋一片閒心如太古何曾染着世間愁

其二

歲暮逢師滄海東爲憐情况索如蓬身淹淺土時當歎親苦衰年老患風短榻清香烟鬢改狐裘流水雲舟通新春又喜明朝立強與尊前一笑同

半清軒

一軒逼側兩弓餘心遠何妨市上居盆裏栽梅寄瀟洒壁間寫竹看扶疎閒翻酒券供臨帖靜借牙

壽記讀書日有茶烟與香篆行人簾外欲停車

懷文宗儒父子久客徐州

謁告久知辭帝里阻裝何事客徐州他鄉父子生春色故國妻孥念遠遊氷雪殘年應未見江湖滿地共誰憂械情欲寄魚鴻遠獨對寒燈悵白頭

石田先生集

長洲沈　周啟南著
後學錢允治功甫校
陳仁錫明卿編

七言律

雪作二首

經春十日忽作雪如此紛然門且開瞥見豪華成
白屋錯加粉飾累青山侵凌廣野容無地零亂高
空落自閒乞坐搔頭何遣撥梅花寒勒未開顏

其二

春雪公然沮春雨莫能爲潤秪漫漫撤盤毛是殊無味執玉徒觀不辟寒滿地蕭條悲鳥雀何人徙倚愛闌干凍皴手足鬚俱折擁被微吟强自寬

中夜湖中翫月

愛是中秋月滿湖儘貪佳賞亦須臾固知萬古有此月但恐百年無老夫鴻鴈長波空眼眦魚龍清影亂眉鬚人間樂地因人得莫少詩篇及酒壺

臘月二十八日立春得雨病起漫言

小閣櫺窓風自推手添香炷撥爐灰殘年送病詩中去淑氣將春雨裡四午桼待嘗新茁迸陽檐思訪欲開梅歲功代謝忙如許似與衰翁遞老來

秋雨偶書

雲暗湖村水滂沙秋堂蕭颯類僧家聰明比舊嘗嘗減老懶隨年數〻加風扇未愁蕉破葉雨房偏恐稻傷花坐深兀〻多資聽猛欲開書候日華

有竹莊賞月

爛擁銀盤艸屋東白頭相賞兩三翁青天不老人

自老明月正中秋亦中惟庭有娥同藥誤謀諸無
婦恐尊空百年各願身強健此夜年々此宴同

元日

今日之日一年始三百六十年之終雲物貽回天
杲々風光澹蕩氣融々商量柳色綠少許爛熳梅
花白大同無事此杯椒柏酒老夫不覺笑顏紅

四日過有竹庄

春早孥舟開鵲鳴病餘勉強竹庄行開年數日忽
忽易向老逢人往々生陰隴瘦姿松抱冷雪洲芳

意州知晴稍通酒餞聊乘興亦湯詩篇度野情

元夕席上贈冷菴憲副

石湖樂事湯吳臺茅屋今宵也一回上客門前掾節到小兒城裡買[illegible]來生香竹葉迎春醱活色蓮花映火開鞋點太平須要此百年常覆掌中杯

其二

堂帶春星月滿臺勸君且飲一千回休言美酒消愁得亦被華燈送老來急管繁絃聲作合千門萬戶夜齊開明年佳節依然在分付春光駐此杯

端午小酌

親朋滿座笑開眉雲淡風輕節物宜淺酌未忘非好酒老懷聊樂爲乘時堂飛爛熳葵枝倚奴髻鬢艾葉垂見享太平身七十餘年能補我篇詩

秋暑夜坐

星河垂地夜闌珊坐久幽懷百事閑畏老欲逃如鏡裡苦塵難脫限人間一亭多竹還妨月二水宜家又火山卅好茫々誰是足甄除心迹自高閒

秋夜

白屋衡門擁墮樸秋懷落〻夜寥〻人間篋笥悲紈扇天上樓臺欵玉簫竹實未生岐鳳老蒦書不展塞鴻遙青春雖在潘郎鬢只恐愁多亦易凋

立春日試筆

雪屋蕭然折竹聞畏風門戶鎮須關鄉推老大悲年逝人請迁疎喜事閒玉鏈撥灰燒凍芋雲腭補屐纖新營滌居終日無聊賴或為兒嬉一解顔

秋夜獨坐

萬事縈思獨坐中爐香滌處性靈空藥如效世黃

金賤年莫購人白髮公踈竹畫窗因借月墮樵驚屋偶乘風且來拂簟尋高卧夢境浮生一笑同

八月一日病中即事

旬時惟有藥追陪斷不思拈舊酒杯處靜爐香宜夜坐眼酸書卷怯朝開江蘋白應松鱸出庭艸紅催朔鴈来老去苦驚時節換壯心郍復傲寒灰

雪中登虎丘

月色風光知我到好奇今補雪中緣急排岩樹開高閣生怕溪山又少年城郭萬家群玉府樓臺千

溜半空泉香茶美酒殊酬酢似此登臨亦可傳

天平山

天平合在名山志山下祠堂更有名何地定藏司馬史此身誰負范公兵高屏落日雲霞亂樵樹交花鳥雀爭要上龍門發長嘯世人無耳看鸞聲

和張碧溪登寶峯韻一首

新醅拘拘玉光浮挈榼提壺判醉遊高帽特尋芳樹掛清歌緩共晚雲流頻來信我何拘忌大隊爲官待告休日日乘春如未足翠微還補菊花秋

三宿虎丘松巢

夕陽繫纜有餘輝入寺登〻曲徑微孤塔白雲平鳥背疎林黃葉映僧衣臨池乎劍寒泉在捫石尋題古刻稀便欲留詩補三過三次有圖于此眼花燈影不成揮

楚江秋晚

天連湘漢水悠〻水色微茫接素秋殘月已沉三國恨亂雲初散九疑愁南方流落身將老西侯蕭條客倦遊欲采蘋花恨無伴美人迢遞隔滄洲

其二

葭菼蒼〻白露晞蕭條江邑帶微暉平沙雁逐寒潮起野樹鴉隨亂葉飛漸見九溪如練淨尚憐三户似星稀不堪昨夜南遊客愁向西風憶授衣

其三

夢回江上筭秋程水影迢〻積漸明落木西風連鄂渚亂山高浪隐湓城鐘遏野寺經僧起霜裡狐帆估客行徃事獨悲前席誤不從賈誼問蒼生

暮春登虎丘

獨信微吟人不知山花滿地悔來遲久揩綠樹陰
中杖仰攀丹崖缺處詩日有閒緣遊始勝老無健
步出非宜一迴到此一迴少怕近清泉見鬢絲

溪上

春日熙熙百鳥鳴東溪試步覺芒輕閒來閒往曾
無為時笑時歌自有情止水觴風微起縠過雲生
雨略纔晴鄰翁偶揖還相訊道是先生底獨行一

登金山

龍宮湧出玉璘珣乍眼來看極悚神滿地莫論無

坐處東坡忽至佛印室中曰內翰何來此間無坐處中流真見不羈人東坡蒜山詩云金山亦不羈人墻低樹少多容月石瘦花慳晏滑春舟楫一江名利路烟波誰謂不生塵

史明古曾約同遊今已化去

髯翁久憶金焦勝感慨來登獨老身生死隔塵空舊約江山如此欠斯人强留詩酒聊三日愁送舊花又一春浩蕩烟波莽回首滂將行樂與誰論

和西涯李閣老韵留題金山

儘有風波怯往還又因名勝使人攀天將白玉浮

諸水誰以黄金姓此山欲就一竿漁浩蕩更憑雙足美潺湲老僧莫作誰何問只借中泠洗醉顔

妙高臺望

一源萬里勢成三截地分明限北南長塹悠悠天所設奔流浩浩海相涵獨憐擊楫存遺誓可笑投鞭是謾談頭白妙高方縱目落霞孤鶩晩猶貪

拂水崖

只有看山是勝緣青鞋布襪且輕便天收雨脚睎今日栽花時趁老年絶壁雲扶將墜石豁崖風

勒下奔泉此来不憒空帰去旋構新篇揀竹鐫

崔氏水南小隐

一家縣水懶通橋寂〻寥〻遠市朝寸地有生耕子姓索居無類畫漁樵晚波垂柳供魚貫春雨高梧養鳳條莫謂温生同住此不因車馬逐人招

丹陽道中

抖擻山邊水際身廿年重踏舊京塵依〻殘夢丹陽月兀〻輕車白髮人諒自去来無箇事逐他花柳未分春閑津莫作誰何問詩酒承平一老民

再至虎丘松巢主僧索畫用空谷山居韻

世諦紛紛擾擾間松巢來詰老僧閒愛山已結峯頭屋借畫仍看屋裏山池影心空和月見巖扉客去倩雲開新茶新笋都叨却香積誰云染指還

夜行村路中

躑躅經墟渡歷丘晝時不走夜時遊泥途我有多岐嘆江海誰聞野渡舟著力自家須杖舄微明何許借膏油欲知世路不易涉只好歸眠舊草樓

馬秋官課農山庄

秋官薹笠事東菑雖愛清幽也似痴分肉戲專鄰
叟社訟田閒剖野人詞竹枝雨暗蠨蛸户豆葉風
凉絡緯籬知違脉頭三百甕醉中多賦勸農詩

黄尚節静逸堂

記得君家附郭居一堂幽處市聲虛緑陰日暮停
琴坐白髮風凉帶雪柸嬉脚濕延窓下酒燕泥時
污手中書長郎日以文爲業潤筆青錢可饌魚

溪居偶書

比鄰星散絶經過四壁寒光渺渺波私畜牛羊芻

牧少官倉鼠雀稻粱多西風布被耽朝卧殘月松窗衍夜哦不是老夫能遣撥出門一望奈愁何

散木高屋圖贈吳元璧

舊有茅堂依散木掛冠於此寄高風鹿柴山水新圖裏蟻國功名昨夢中閉户著書今日始拏舟問字遠人遁黄州到了休重說桑梓斜陽看醉翁

望洋亭爲李知州賦

海上高城壓廣洋新亭東瞰眼蒼茫向滄萬里登臨近青齊三山指顧長歲久魚龍扶地軸秋清鵬

鷄送天光翔侯庚止威明肅約東陽侯不敢狂

趙民部夢麟王廷信符用愚諸公携酒會飲

涵虛樓民部索詩遂有此作

白髮蕭蕭始此來高樓正倚夕陽臺闌凭南面山

都出揮到上頭江大開自媿衰翁落遲句未容民

部不深杯客教都飲天應笑豪傑眼前安在哉

陪吳匏菴載遊瑞雲觀尋道士不遇和前題

韻

渺渺扁舟入浦雲琳宮一到愜前聞春泥夾道縈

人迹野水交陂亂阜羣洞裡朝元郭道士城中行樂鮑參軍相尋兩度俱相失石上留題湯有文

支遁菴

千載支郎此說經寒泉幽澗尚縱橫鶯花浪示春聲色水月猶通佛性情嵌石半龕苔寄迹空庭一箇鶴留名許論同化無同調只有溪山照眼青

遊西菴

尋僧雖愛茗杯清也要提携有酒罌野色迎人過橋去春風吹面傍花行般遊欲及牛年晚喜悅還

隨鳥雀晴白髮老翁身健在不憂無地度餘生

遊妙明庵

早霧未消迷過湖妙明春日步堪迂門懸斷岸谿橋接水限从鄰野寺孤侍者鳴琴動春鳥長年引席候風烏偶然此集真鴻迹乘興還留水墨圖

保叔傳公滑余詩畫失去重補

花宮寶塔映湖光題墨遊踪久已忘屈指豈勝年契潤感人何在畫存亡頭衰要雪消難滑山缺教興補不妨舊夢又將新夢接栽時風雨話松堂

感宜興善權寺寥落

有客新尋古洞田國山無處問茶杯僧煩籍役兼徒去虎墩禪堂引兮來雨欄竹菇春委頓風驚松韡夜權額未應靈勝隨人往碧殿猶存火篆雷

留侯廟和韻

博浪還非擊鹿秋先生空作鼎生涿天將小挫宏開業事到丕成細論讐羽翼四人歸妙算神仙一著是高遊千年遺廟蘋花在日暮相思楚水頭

郭璞墓

氣散風衝豈可居先生理骨理何如日中數莫逃
兵觧卅上人猶信葬書漂石龍涎春霧後交沙鳥
跡晚潮餘䄂憐玉立三峰好浮渼江心月色虛

古墓

堂封千代失崔峩高樹平來艸潯波白馬蕭蕭行
客路黃牛吒吒牧見歌只今殿石文章少奈爾空
山風雨多聞道昭陵亦如此傷情不必問誰何

爲錢卅行副憲寫虞山先隴圖

監憲臨行尚倚舟隴雲阡月要圖收一時縮地便

行李千里忘家悵宦遊不待移書問封樹即教開塋見松楸清明官舍梨花酒水墨微蹤散遠憂

理墳

官竹園頭春日斜手開新土漸成窪觀生如寄誰非客視死爲歸此是家白髮暫存知電露青山長卧有烟霞懶勞自做閑詩酒且弄年華與物華

過席心齋道士墓

丘墟寂寂臨川上桑海茫茫感蜕餘舊用棗鹽靈霹靂新來劍地入鬖鋤羽人欲化楓株老仙鶴無

言居表虛我願追求金蓮稿碧臺狼籍湯蟲書

崖山大忠祠

落日荒荒下大洋樓船載國此時亡君臣入海仍魚水天地移風已犬羊黑霧不能迷死所白雲依舊是仙鄉二忠合作三忠祀添設文山一瓣香

其二

二公至此不能爲力盡堂堂是死時一塊肉同今日喪孤兒事屬老天知翁流萬里難容楫清酤三行欲動旗一狥毅然覊所養崖山堪壯不堪悲

題孔太守高州生祠碑 有序

孔公諱文孔孔子之後讀書有大節初知高州時西廣賊擁衆萬餘近城而寨城嘗遭三掠已精壯皆從賊惟存老弱食且盡水又被賊窒其源不給民遑遑日待斃耳公度不可爲告天曰其死城中不若死賊所苟一言可革其心則死而生也乃单騎往喻賊賊駐城外[illegible]至一騎至兵皆蜂集橫戈露劍夾于路兩旁公獨行鋒刃間更

無一從及撫賊寨以利害曉之賊皆感激
仍具燕燕公不食遂以所掠校官生徒洎
僧道男婦千餘人俾從而還約明日皆來
歸果得七千人餘皆散去公復率兵邀其
歸路既而亦納欵盡以恩信結之公兩廣
之勳多所助焉

民羸食闕官初到辟破城殘勢莫全獨馬蕭蕭戈
戟裡片言落落死生前身何我恤愁何賊事在人
爲章在天衆叛盡歸非却敵功名不許子儀專

尋僧不遇

幽溪漫石小縱橫遠見孤雲與塔平特抱琴來僧已出欲因山竚鶴先行交鳴野鳥嘲風嫚亂發林花趁雨晴墻壁淋漓題墨遍詩成懶得更留名

韓克贍宿五國城因賦

金根濡滯是何年寂寞荒臺尚宛然來者無窮還逐鹿歸心不死定爲鵑黃沙夜冷霜連艸青海天低月墮烟孤客此時思往事一和錯盡自澶淵

經宋故宮

松嶺行宮倚夕曛繁華丞相太平君江南喜有文侯命河北愁無靈武軍翠閣迴臨千澗月珠簾齊捲萬山雲笙歌如海春風裏五國城頭可淨聞

大忠祠四首荅西涯閣老匏菴吏書見寄

行在遑遑霧雨昏旌旗波浪擁金根六龍道播三閩轉四海陵夷一角存天步惟艱嗟末路人心未死顧遺恩至今島嶼瞻調日扶起猶疑二相寃

其二

乾坤破碎完無日忠義精明死有時火德餘光終

水剋趙家一肉殆天夷道窮竊洒秉桴淚流弱空持作楫私毅許此身羈作餐厓山堪壯不堪悲

其三

南北干戈在在危苦無萬屋再驅馳中原地絶何求海左祚人多已異時辱去青衣五十步悲同黄鳥一章詩新祠椒荔初行祀落日靈風欲動旗

其四

立帝無何仍立帝派離王業恐難全長君為福后有語一旅能興天與賢康逐臨安初失所龍之南

遊卒歸淵尚憐當日行中淚萬里鯨波血未灑

七月望奉老母泛舟玩月

沙溆涼生辟月秋老親看月子操舟雖無王守觀燈樂也類潘郎禊祀遊風動高荷聞露注星明疎竹亂螢流酒波泛泛清光裏但願年年照白頭

溪翁

参差榆柳遍門前不剪茅茨不斷椽歲晏雞豚隣社鼓秋深蝦蟹水鄉船會差蓴菜量加糝嗔掏荷花誤結蓮昨日逢渠溪漲後別無言語只憂田

從軍詞

征衣漠〻犯邊塵去作忘家許國人誓掃龍沙生掉臂教留馬革死謀身風刀濺血秋酣戰雪箭傳更夜給巡自古功名不容易男兒須待畫麒麟

從軍行

馬上黃沙拂面行漢家何日不勞兵匈奴久自忘甥舅僕射今誰托父兄雲外旌旗婁勒渡月中刀斗受降城左賢早待長繩縛莫遣論功白髮生

贈少年二首

當有時名動兩都風情渾不帶豪麁平剪夜枕金條脫寬約春袍玉轆轤走馬慣尋楊柳折下樓酣倩海棠扶近來薛債憑誰責可信馮生毀券無

其二

絳河垂地漏迢迢銀蠟生烟跋未消才子斷非沙吒利佳人酷似董嬌嬈笙歌聒醉春如夢花月窺房夜欲妖明日扶頭重喚酒阿香擊出玉爪瓢

老僧

精舍沿街似離城一爐柏子送經聲閒因累少身

俱懶老覺心空死亦輕蕉葉大宜秋雨淨竹稍低

愛晚雲横尋常見客先稱病只坐匡牀無送迎

和錤古田韵

昨晚溪頭月色纖老僧相見且和南莽春已及一

百五問老今懃七十三桑户日長蠶足食竹堂風

煖燕交談茶麁酒濁無清供奇石銅盤也自堪

還俗尼

婆夷本欠佛因緣無柰心香起業烟衆散珠林還

火宅官收寶地作民廛菩提舊念慈雲滅歡喜佳

期好月圓清淨地中生愛水從今都長並頭蓮

宿南潯詢丘大祐張子靜故居尚遠因作

不見二豪誰與遊髯張入地伴長丘湖山洵美人何許生死難忘夢在舟詩塚莫尋青州宿釣磯依舊白蘋秋清苕百里將傾淚老眼西風獨橫流

重修醉翁亭

丘亭兀兀倚殘碑風雨湯湯剝已夷天地無窮翁尚醉文章不朽石如斯滁山終古當增價太守而今漫謂誰振靡扶衰論作者未應韓子獨稱詩

登鳳凰臺

江上秋風吹鬓絲古臺又落我遊時六朝往事青山見四海閒人白鳥知詩卷也充行李貨布袍不直酒家資殫無長鋏懷無刺浩蕩高歌歸去兮

讀漁父辭飲酒詩有感

展書聊就紙窗明楚晉亡機出一衡大廈顛頹何力起厲階層省我時平靈均耿耿獨醒死陶令沉沉爛醉生千載文章共肝胆令人長嘆冀收聲

讀吳越春秋

春日寒〻雨又風小窓開叅瓦衰翁斯文斧鉞興

亡後故國醯鷄語話中臺越還聞走麋鹿墟吳真

見有梧桐更憐胥種皆從劍敵破謀亡一禍同

馮道

相公惟舊帝惟新歷享台垣富貴春竟莫識爲何

老子終當詩作其朝臣厓房戀〻翰蜂義深壘依

依愧燕仁功業不知何所有一編青竹湯遺塵

聞余司馬子俊羅撫邉

干戈堆裡許抽身田首功名剩角巾北虜西羌無

外頋青天白日有閒人尋猿棧道家鄉蜀走馬邉墻夢寐秦公築邉墻于榆林為功最著者歸興在詩〻在酒杜鵑啼破萬家春

病起試酌

山樽浮酒且高歌百歲流光已半過病眼看書真處少老懷追事諒時多鬢隨落葉驚西候門對清江惜逝波今古英雄同一盡浮生不飲復如何

病中夜雨起坐

樂杯香炷與溫存養病功夫要閉門布被擁寒書

作枕紙窗催曙水臨軒楓生赧色知霜辱蕉負爭心雨共喧物性人情靜觀浮〻来還欲費吾言

早起

餐拙藏衰結靜窩是非如海隔雲羅面前雪暗梳頭亂空裡蟲緣礙眼多病女從人家落寞老妻淹殯歲蹉跎虛懷昨夜當秋雨惻〻蕭〻兩奈何

病懷二首

衰遲宜靜不空譁事莫堪懷動欲嗟病遣稗書還籍眼老便餳粥又妨牙栽花債地春無主斫竹開

門月過家任是客来難強酒小陪清話一燒茶

其二

膈痰湯〻似春潮伏枕旬餘氣未調老日易過如短髮病懷雖遣厭長宵隔窓忽〻影度鳥鳴庵蕭蕭風墮樵藥物尚功全斷酒庭柯高挂舊山瓢

自述次人韻

日高屋庵未消霜卧聽秋潮捲石塘九島迷行魚性樂一鞭感後馬啼忙獨憐詩是吾家物但有竹爲君子鄉闥外南山今好在時〻飛影到清觴

病中

白木匡床草薦柔，坐深無寐獨搔頭。明河轉影天低樹，清夜分更月過樓。病骨瘦生先覺露，老懷虛甚易驚秋。七情莫與微軀妒，生已知浮死識休。

舟中有感

世緣一向只昏盲，靜裏觀心始自明。滑處有塵齊後滅，是非無種辯時生。秋峰長嘯兼天迥，月閣高眠徹夢清。老矣此身真長物，不知何地著虛名。

閒懷用郭天錫韻

落魄青衫隨艸色蕭條白髮遣年華徒勞夢寐費憂國錯認詩書能起家愚去客舟忙覓劍饑來索飯誤炊沙人門亦自有樂地酒遠山巔與水涯

無酒

山桃亂開紅欲然我空賞之無酒錢十常九事意不愜百又五日春堪憐誰家竹葉醁爛醉滿眼花枝笑醒眠何消苦苦仰司業便可燒茶臨玉川

老年三病

眼花

轉費揞摩轉〻減光苦無障翳只荒〻俛眉作字仍
虛盡觴鼻看書反笔行盞幅絞綃花懵懂隔重雲
毋月微茫從前了〻都休說青白甘輸與阮郎

耳聾

苦無聊賴坐新聾終日騰〻兀〻中著味笑堪陪
座客劉分癡好作家翁踏江昨夜安秋桃墜葉明
朝閧翊風非是〻非還自有我無聞聽便應空

齒痛

風聾蟲攻兩禍端左車淪〻戴梅酸舌都無恙先

輸弊啓未云亡莫罪寒送藥親朋徒説效勸餐兒女不知雞老年飲食非輕事又差今年醉牡丹

秋涼遣病

淰淰新涼兩月秋病多猶自不梳頭饞奴客燕虛支酒懶子書縈餞惜油蟋蟀庭除朝露在蠨蛸窓户晚烟收近時江海恢平盜斗下芒星又可憂

唐琦　有序

琦紹興衛士也高宗南渡海金琶八追至紹興李鄴為守以城降方與琶八並馬行

綺從後持一大甓祝曰願天一擊殺兩賊甓中馬不殺被執罵賊不絕口張八謂曰汝欲何爲死曰我願以布裹灌油焚燒三日示媿降賊之臣卒焚之其意恐張八追及高宗欲以緩其程也鄉人異而立廟長耆街 國朝贈將軍祀之越人能言其事

罵賊此

一甓真如博浪鎚事機不偶亦空施降城未分身無用罵賊猶知舌可爲膏火願延三日死海天能

信六龍之長詹街上春秋祀李鄴蒐應媿此祠

頤烈婦俞氏義事 有序

頤春吴庠生娶俞氏頗涉獵書史有婦道春患瘵不起呼囑好事舅姑養子女言切而再婦曰一言當終身服行何俟再四乃潛握剪以利鋒劃于左目流血滿地绝而復甦春責曰何乃如此曰示君信也春遂卒因咏其事一首

剪鋒判落亚精神要使亡夫識念真判死不赦留

好眼示生無復見他人波翻銀海僞珠顆血迸金支破月輪表向胥門舊懸處配成忠義激風塵

覺老

腕膈生痰謝酒觴菜羹麥飯且家常山追舊眺今成懶事盡新聞昔已忘春水試竿漁檻淨牛風丸藥鳥窓涼穩頌[illegible]此成消遣種々塵緣與老妨

六旬自咏

自是田間快活民太平生長六經旬不憂天下無今日但願　朝廷用好人有萬卷書貧富貴伏三

杯酒老精神山花笑我頭俱白頭白簪花也當春

壽表兄金懷用七十

筋骸可與少年爭七十長鬚白未成鄉裏燕毛多讓席族中推行盡呼兄魚蝦細水烟蒲溆鳥雀深叢雪竹濱樂此閒居儘資壽燒丹辟穀見誰生

六十一自壽

重逢丁未開新甲過六十年增一筭壽是倘來郵必得人於未節要求全占鳩拙婦傷今日亡室同月日生兼鶴添孫欠此緣時未得孫萬事莫論吾毋徤進將春

酒壯堂前

寓菊壽王學士濟之尊翁八十

我寓東籬第一枝長生豈止識為期年年上壽百
年計日日看花九日時還喜帶金同晚色不妨鬚
玉照寒姿莫登亦是登高處未必齊山許有詩

贈徐遵誨和劉邦彥韻

不徒說劍與談兵況是文章動兩京屢欲上書勤
漢室時教捫舌易齊城帆檣遠鴈江開楚衾枕灊
猿路入荊落落長遊半天下不知歸計幾時成

其二

细雨春帆破曉開更添新酒事深杯他鄉夢寐鴻于陸故國詩篇鳳有臺白髮不歸花亦笑青山急去鳥仍催公侯後始君須記李廣原非是死灰

戲友人尋訪不出

兩山不見雲遮眼一犬獨鳴花遠隣敢去揮毫題午字悔將握髮望時人墻邊寂寂高槐兩門巷青青细艸春知予南還猶有興扁舟斜日弄芳蘋

薛堯卿場中卷經策長莫錄被紅點

崢嶸老氣軼長虹傲睨三千鵠立中豈尔門監知
李廣憑誰榜帖為司空緋袖鵰凰風斯下湯衍魚
龍絨易窮把劍時〻照鬚鬓怕教愁雪點青銅

懷張元成表弟

歎歲逋租力莫償一家十口趂流亡小兒膳大輕
官事老者年衰重故鄉落籜西風何處迹啼蛩寒
雨我廻腸封書欲寄愁難達空倚江干数鴈行

金陵約史明古不至

仙舟望不到玄都近信虛傳過太湖如此江山空

舊約可勝風雨有長途燈前白髮碁聲在地上碧

桃花事無春已闌珊人尚遠幽禽何苦喚提壺

寄丞尚文大參

逢人每每問康寧地遠何由一寄聲仕已無心聊

戲世棲遲有宅尚依京柳邊細水閒臨鶴花下深

杯獨送鶯似此逍遙知不老百年詩酒是長生

奉和陶菴世父留題有竹別業韻

糲飯麤衣常自足猶勝杜甫客西川老妻課佛清

齋裡幼女鳴機夜火邊幾樹涼雲散高葉一溪明

月瀉寒泉寂寥草座無人伴自起添香看篆烟

其二

鶴毛鹿迹長交路荇葉蘋花亦滿川炙背每臨簷日底曲肱時卧樹陰過一區綠艸半區荳屋上青山下泉如此風光貧亦樂不嫌幽僻少人煙

憫吳水部德徵喪子

水部先生哭仲兒深情未盡六篇詩淨淺苦苦成何益魂氣茫茫無不之滄海沉珠家失寶崐山借玉手書碑蘭芽在眼春仍好老力栽培發有時

聞謝閣老休致過蘇遥寄

五十懸車事異常符階綸閣逈天光千秋國事黄
金鑑一夜鄉心綠野堂湯賦祁招惟自止舊圖負
扆敢云忘扳風後起梧桐樹四海還瞻老鳳凰

宜閒

丘壑年来寄隠踪安眠飽食養龍鍾日由僮僕知
生事家信兒孫理户傭題句園林選修竹貯柯庭
院愛孤松白頭多少忘帰客雪珮霜珂老朱慵

靜處

坐對南山日自長且將一靜拂浮忙身安懶出誰能遣門設常閑亦不妨秋水止潭心共靜寒梅隔屋鼻參香未知乍煖初涼候可有閒蹤下草堂

且閒

十載飛塵雙足黃誰知屋裡有滄浪靜時覺滑忙時錯一日還如兩日長行遇好山須命酒坐移芳樹便移床白頭短杖南塘路我欲來談華子忘

蝸殼爲吏廷直

不知小隱計如何戀觸無爭所樂多身外乾坤等

虛殼窟中風月是行窩長箋舊稿詩粘壁癡筆新圖墨螺想滑盤旋似盤谷白雲春夢看仙姿廷直有姬號白雲道人

守庄

十角黃牛五母雞知君舊業在雙溪寄人詩簡秋栽竹教子書燈夜照藜四畔無爭田井井百夫戮力黍萋萋却憐杜甫頻移宅纔住東坡又瀼西

拙齋

靜者齋居惟抱拙機心纔發人忙讓他好手誇

修鳳頎毋多岐敢問羊逕艸不遲門自閑林巢可擬鳥相忘老予亦是無能者築圃何妨住隔墻

竹窓

有竹之家亦有窓無人領竹〻雖降凉櫺却暑風千挺碧扇推秋月一雙夢入籟聲方倚枕酒參葉色湯開缸知君神觀清於玉獨自翛然詩滿腔

愛鷗

平生結好惟鷗鳥彼此能閒兩不猜白日一沙秋夢穩碧江千里雪痕閒憑誰作色因高舉信我忘

機後下來人欲相尋舊盟處釣竿新水夕陽臺

橋東

橋東未與東橋異問訊何勞錦里翁剪取竹竿漁具足撥開荷葉酒船通獨臨秋水人搖月湧送清歌樹引風常发西隣憂不足白頭心事竟誰同

春江

愛殺春江日夜流有人結屋住江頭門前釣石臨黄鶴林下魚波洗白鷗未識何年變春酒且將吾道付滄洲天光月色溶溶地更好憑虛著小樓

西川

移家忽妥離川東，自信何須問小翁。七水大都如屋下，一山小半入城中。沙鮮近市料多蛤，海氣通村井或虹。有片閒心無所作，畫圖詩律兩爭工。

空舟爲寶林寺僧題

齋舫曾聞六一翁，僧居臨水與舟同。指舟爲屋身浮世，假屋名舟心太空。就地掃雲天影上，開門見月浪痕中。我來把筆閒題壁，白髮泠然兩鬢風。

南洲爲華中天題

湖水中央地可農龜蒙遊處有遺踪沙坪接珍田千畝玉潄通橋路我重凭兩闌干閑荷葉蹙波亭館夾芙蓉開門便有陽光入曝背觀書好過冬

勸性甫飲用韻

喜君飲酒量不慳百壺五斗曾無艱鬢毛苦短日月老人生自忙天地閑紅花灼爍兩脚后白鷗浩蕩江光間明朝又擬常熟去典盡春衫方始還

次匏菴雨中留宿

野水浮雲蕩夕光仙舟兩宿古溪傍清蕭感舊[illegible]

翻韻濁酒謀隣載過墻燭▇不知春夜久雨聲如爲故人長衛家剪韭今傳筴他日寧無有竹庄

與客夜話

老年多病只開門始爲尋醫偶出村春過寂憐花致事雨来忙見草承恩故人落〻星催曉舊話淹淹月報昏酒盞莫教辭瀲灧客舟猶喜一壺存

穀旦喜朱性甫至

城濠高官儘有衙迂舟却到野人家偶談山水悲筋力回慳兒童忽歲華白髮知春不如草青燈隨

眼湧生花遺懷慰容非無酒罍恥還當一載睽

載會浦東白

八年初滑再経過喜滿雲蘿入笑歌老盡鬚顔略
相似記來年歲久應訛西風鄰屋蕭蕭葉落日蘋
江渺渺波雖是病懷須強酒人生良會苦無多

黄亮明使雲南還夜話

軺車萬里使星孤故國重逢已白鬚濁酒臨燈共
風雨新詩滿眼見江湖數卓薏苡如珠否長柄壺
盧有子無劉道真問陸士衡曰卿自東吳來有長柄壺盧帶種來否問俗論心

言外畫鐘聲半夜喚啼烏

侍家父世父與劉完菴西菴文會

野寺清尊對鶴羣我来行酒聽論文門前歇馬依青柳池上開軒見白雲自喜獻之同禊事還慚阿買張吾軍醉扶老父還家去桑柘秋陰日未曛

重逢謝將軍

十年帰鬢雪紛紛桑影榆陰日半曛師府別開新院落監門還識舊將軍行逢戰蟻臨階看坐愛歌鶯隔樹聞恥向太平憔悴盡英雄無地覔高勛

送都元敬赴史西村家塾

黄溪雪後爛生光童冠迎船青佩長客子艤竹秘書監東家好是鄭公鄉春帷開講禽魚動夜館鳴絃水月蒼賓主閒時還倡和吳江滿地緑新章

和天全翁留别錢氏祖席

謝傳其如不起何畫船詩酒晏遊多人家兩岸聞簫鼓魚鳥中流識笑歌細雨沾衣縈舊纜春風入面醒微酡夕陽更好東歸路草樹追追擁慢坡

石田先生集終

石田先生集

長洲沈　周啟南
後學錢允治功甫校
陳仁錫明卿編

七言律二

笑雲為琇上人賦

閒雲堪愛何堪笑應是吾師閒勝雲千態可憐翻手變半間郵宵為■分浮生擾擾徒勞爾此意悠悠難贈君撫掌闔門成絕倒秋陰狼藉又斜曛

送郭忠恕歸江西 鄆寧府客

江左詞名已漫傳春來歸思遶臨川馮驩豈可爲魚伎毛遂終非是備員醉倚酒杯歌楚曲自挑書簏倩吳船長裾又向王門曳臨別何須重惘然

聞文宗儒桑民懌兩進士同宿三節道院

兩人相別兩年間此地同遊想未還季主高談開雨肆陸郎我宿共春山槽家有酒青蚨便道院無人白日閒縮地何由陪勝賞碧雲離思遶江關

壽王勉時六十

雅懷如水澹無塵閒把流年學種椿秋谷地雲居子午虛堂神靜守庚申每修藥物因資壽遁註丹經欲授人鬚鬢黝然今六帙咲將明鏡照青春

送韓世資

十年吳下始歸來鷗鷺紛然滿釣臺落日長天休倚劍浮雲故國且銜杯芙蓉雖是秋江物參术寧非樊龍材束取舊裝仍作客扁舟壯去一帆開

和天全侗軒留別錢氏祖席韻

悵飲溪船柰別何風流偏向老年多過橋野色花

饒笑隔葉新聲鳥鬭歌人惜餘懽雞作別酒無殘
醉易生酡白頭給事今疎放已覺山林異諫坡

送范景仁入胄監

高遊辟水曳長裾文獻家聲衆不如九月授衣秋
雨後六堂親火夜涼初須知憂樂先公事好讀都
俞伏父書今日青雲從此去野人著笠看乘車

和韻沈廷佐病起

年來何事不逢君應把醫經立傳文鬚鬢病餘當
類雪情懷閒在好如雲供飧每具魚蝦味惜黍[illegible]

驅烏雀羣遥想東林覓詩地幾行高樹映斜曛

海關訪劉蓮幕吉夫

關征何事久勞賢自是廉能得兩全出郭暫攜蓮幕事看山就筴水衡錢朝拌苜蓿清官飯晚甫魚蝦估客船海上書生來問訊好音先聽路人傳

詠雪次陳育菴韻

雪裏移居為竹竿不因[illegible]住長安梁園握管休誇賦灞上騎驢好借看莫道臨門無玉節錯疑開徑到瑤壇知君自寫瀟湘意先煮茶杯敵夜寒

與陳育菴遊虎丘次韻

蕭條林壑亂雲浮出郭尋山到水頭草木漸隨西候變風光何似昔年遊兩人登塔休誇健雙鬢臨池已覺秋且拂生公講臺石將詩同向醉時留

和韻張翰林亨父見寄

故國全拋負郭田年來供奉近鑪烟東方跡有三千牘杜曲家惟尺五天詞翰新聲傳樂府江湖餘問及漁船滄洲吾道君休頤老懶而今只醉眠

和韻沈廷佐留别

東林嘉遯示無能却有清篇瑩窒冰清丗白頭嗟
自棄少年黄甲看人登門蟬細葉號秋樹磵鳥殘
花啄晚藤今日幽居接高論不眠同對雨中燈

贈陸古狂和陳育庵韵

新買胡綿絮客衣鱸魚鄉裏正堪依壯音漸逐吳
人改南國頻看朔鴈飛旅館秋風箋劍說僧房寒
雨話棋機憑誰識得男兒事季子金多始是歸

姑胥臺

姑胥遺業有荒臺今日登臨尚可哀千載苞桑天

子棄六宮芳艸美人栽南飛鴻鴈秋風早西向山川夕照開流水梧桐幾番夢獨憐孫聖不重来

不出偶成

落葉蕭條秋盡時竹寒深掩舊茆茨自憐宣子居貧久莫怪申生見客遲黃雀野田無滯穗白魚溪業有垂緣浮雲不管門前事漫費功夫自學詩

祝大參七十

懶參藩政憶漁磯七十東還步似飛自信楚匠吾始壯莫言工部古来稀山家看竹鳩頭杖雪圃尋

梅鶴羽衣今喜髙堂對春酒烏紗白髮兩相輝

東莊為吴鮑庵尊翁賦

東庄水木有清輝地静人閒與世違瓜圃歎時供
路渇稻畦收後閘陴餓城頭日出啼烏散堂上春
深乳燕飛更羡賢郎今玉署封　恩早晚着朝衣

陶菴

東林却種栽桑菊亦把庵居扁作陶濁酒寒香同
淡薄南山秋色兩清髙黄生有意求居易優孟手
今似叔敖果籍與花成隱逸秦人堪笑錯栽桃

七夕

百拙寞寞一病身看陳瓜菓記良辰人皆去乞天孫巧我自能甘阮氏貧河轉層城知夜久露侵高樹覺涼新枕頭愧有殘書在潦倒于今博睡頻

送文宗儒尹永嘉

載書作縣一輕車任喜南方且近家山上層城連壯斗海過名郡說東嘉吏踈牘事常無訟鳥下公庭早散衙此去三年成卧治試看鸂鸂到金沙

篷窓為惠公賦

禪房淨植不生塵綠玉陰〻盎口憐鄰喧遂爲真
賓夢維摩聊示不堅身疎欞度雨秋聲早彩筆題
涸墨色新愧我才非王右轄雪中難貌舊精神

送張用宜入醫垣

參差一龍伴吟身隨薦追〻入紫宸行矣不須
愁客路醫垣多半是鄉人揚鞭走馬山程晚丸藥
聽鶯苑樹春遙想生涯隨處好金臺重見杏花新

送陳祖賢展省還楚藩

闔閭城郭雁聲前只暫相逢又別筵楚客自憐庄

鳥老添年偏愛賈生賢莫嗔白髮今霜鬢滑掃松
楸已十年何苦長裾不容挽秋風催發五湖船

和王秋官元勳病中寄王維顒韻

卧起楓林葉亂飛淡雲新月兩依微庭前除草驚
虫語窗下燒茶阻鶴歸禊飲久違王逸少畫顛猶
類米元暉纔題爲報相思候白萱都覽舊看衣

送人下第

桂遠天高與願違芙蓉花發又東歸惜無老父呈
秋卷喜有賢妻下曉機益水獨憐漁自詠掩書閨

看鳥爭飛移文好報山靈道依舊江東一布衣

寄題江口王廷信家黄荷花

九疑奇種露香新渥柘凝艷認未真漢女淺粧袍映額潘妃微步不生塵緑衣此日甘為裏紅幕于今悔作賓更使仙標無月色倚闌添口夜遊人

對堂下老桂憶亡弟総南

百年嘉樹淮南物世遠無陰蓋艸堂聊有旁枝表秋色可勝今雨送寒香故園已覺黄金少往事空驚白髮長竹馬青衫舊遊處看花憶弟最堪傷

和方水雲秋思韻

蕭〻楊柳風連樹淅〻蒹葭雨滿塘南國浮雲何日定東流之水為誰忙今年白鬢驚新種在處黃花認故鄉莫道经秋思寥落浩歌猶足送吾觴

訪范山人不遇

振衣躋攬岩石下薄午扣門仍返關扁舟淼度浩三水主人出来空两山行憐花落小雨後坐愛鳥啼芳樹間記名何必上高竹自有白雲知往還

虎丘餞别半隱次韻

城外尋山風日清好山泉不離江城真娘墓上花無主短簿祠前鶯有聲烏帽也宜節竹瘦白頭還惡酒波明羨君又向茗溪去我活苕溪夢亦生

中秋客中

客裡秋光已半過月華如此思如何囊空不愧黃金少親老偏憂白髮多庭下殘蕉翻夕露城頭高樹隱明河故園今夜堂前酒應閣清尊待我歌

馬秋官抑之養病還吳

仙郎喜出白雲司似此知機更許誰未即燒丹尋

莫令先須煖玉買燕姬貪眠怕踏霜朝鼓賭酒常輸野客拱自愛欲閒閒便得況看雙鬢早如絲

送呂通府乃姪還浙

籍牧居官路不賖阿咸來往亦如家思家忽詠南枝鳥爲客因逢九日花震澤秋高風滿棹錢塘潮淺月籠沙遙山積水徑行處行處題詩感物華

陪呂府倅華節推九日登姑蘇臺次韻

重陽弔古上蘇臺伯業于今安在哉城郭西邊秋嶂合海門東向暮潮回白頭對酒身猶健黃菊無

言客自来敢學叅軍狂落帽不妨高咏好開懷

其二

佳節登高有古臺羣公暇日興悠哉東南大鎮才堪倚西北長安首重回細雨濛散頭上過浮雲不向日邊来詩成白雪真難和且對清尊咲口開

後陪二公謁伍相祠次韻

忠臣有廟千秋祀伯業無蹤一餉烟入幕靈風猶颯〻侵堦細草自芊〻存亡好在鴟夷内慚愧當於蟆肩前倚壁題詩重惆悵寒鴉飛散夕陽天

其二

城頭五相祠堂好眼見香爐生紫烟吳沼已成花寂寂楚陵何在樹芊芊一時遺事千年後此日清談斗酒前落梟希袍冠蓋末悲歌亦得倚秋天

和季元帥所寄武揮使韻二首

雨浥江城不動埃鶴汀鳧渚濕生苔雲開落日千峰出江引寒潮百里來報盡郵籤初倚棹撥殘燈火細傳杯將軍油幕閑無事座上惟應酒令催

其二

百雉聲鴉望海城、、邊繫纜夕陽晴烟荒古戍秋
漁警風雞寒笳夜有韓莫信杜陵多好句惟於鄭
國見高情酒杯不盡深留戀江水茫茫別思生

溪山樂趣

碧溪一道帶青山家住溪光山色間波面草深魚
隊亂門前花落鳥韓閒每輕捷徑非真隱不為移
文有厚顏鎮日垂簾春雨裡茶經香譜事重刪

十一月十六日陪味芝陳先生遊奉慈庵

細路輕兜兩兩乘招提深入亂雲層青山影裡蒼

鬅変黃葉林中白髮僧戲寫玉茶思舊到醉嘗金
橋記重登詩成謾寫高崖石不覺獼猴上古藤

題杜東原先生畫

杜翁畫幛依然好手拂遺塵認翠微芳草扁舟春
水漫長松高閣亂雲飛只今韋曲無人住何日追
東有鳥啼江上愁心正千疊不堪題句對斜暉

和丘二所寄詩韻

南國音塵久不知客邊偶得寄來詩雲深千里淮
陽道鴈度孤城歲暮時握手未開離思發曉重讀

讀夜眠遲情多辭妙愁難和沈約明朝帯欲移

虹橋別業為陳世本賦

名園綠水新分業買地虹橋似故居窗裏碧紗籠野馬案頭青竹走書魚誦聲夜靜兼隣織圖事春忙率予鋤市上開門亦堪隱酒爐何悔學相如

次張廷采韵再賦虹橋別業

愛爾虹橋新業好城中心遠即江湖黄金寸地難能買綠竹千竿不可無俗事從今莫相染浮名在世不宜沾吾居自信吾何下亦咲三閭楚大夫

寄光福徐山人

複嶺重湖皆罨畫虎山橋畔記曾来蘭茗翡翠家家有盧橘楊梅滑〻栽迂逕入林藤轎穩泝流沿澗羽觴迴白頭徐釋高情在深竹衡門傍客開

留王元勲

歲晏逢門雨雪頻留連信宿見情真莫憑後會能輕別已說明年是遠人曉閣壺觴還繼火寒原草木漸知春繫舟費日君休惜漫有詩篇發興新

送道士還俗

侍香何故憶人間流水桃花送出閑琳館石房嫵夜冷秋田瓜圃惜春開仙都白日無緣住丗路紅塵帶笑還留得松梢浥殘露別研螺黛畫眉山

遊磧砂寺

雙幢落日倚漁汀北下孤舟此暫停野客偶驚門外犬老僧隨掩石邊經沙洲古樹藤蘿紫大殿遺基蘚麥青今夜試留湖上枕踈鐘高浪不堪聽

渡用前韻送王元勳還京

莫悵離亭倡和頻亭中逸少本清真布帆風颿開

長路別酒杯深看醉人紫燕綠帘輕拂雨白鷗青
草淡分春雲司久矣淹文考九棘應知拔擢新

覺海菴次趙大參韻

石径登〻溪渡深重村已過見青岑當門細草生
山足夾磵飛花落水心萬壑烟霞真樂國百年鐘
梵古叢林老僧爲掃莓苔壁勸我題詩記重尋

覺海早興

節峰舊到今又宿一夜頓忘行力勞隔橋虎跡於
雨過聒枕鳥聲山日高自知狂客興不淺豈是黍

裨吾愛逖悠然竹閣盥漱際恰有微風吹鬢毛

和陳育菴山行

青梅薦酒愜詩嗅連日山中取次遊石面泉名書迹古巖前香炷佛龕幽叅林高木能人立接磵滹雲似水流挾澇路傍黃躑躅也堪簪上醉翁頭

宿田翁賦韓克讃兄自號

老倒秋田計不成金房無實露晶熒乾坤浩浩存糠秕草木悠悠寄姓名獨愧素餐無少補還留寸地待深耕嗟予本是溝中斷歲晚相逢認弟兄

南湖爲華文熹賦

南湖盡是君家物今代風流賀季真青草扁舟落吾手白鷗萬里屬何人玻璃倒見波心月翡翠平開雨裡春我唱竹枝三十箇明朝相約伴垂綸

客有母老久不歸者以此寄之

十年漂泊獨堪嗟别日慈親鬢已華夜半還家泥汀夢裡門前滿眼是天涯春襟定有思歸草秋燭難憑卜喜花聞道子規能勸客只應啼不到三巴

附韓宿田遺竿問病

秋水浸門秋日長四簷雨脚更浪浪庭鷄啄虫豆花落山妻啖兒梨糝香故人十簏遣予送多病百憂今我忘韓符况是讀書者清話共消燈燭光

送客

在家十日不送客阿段開門驚繫船籬根黄葉雨迹爛池上紅籠波影鮮把杯細問别來事剪燭謁妨今夜眠人生良會苦莫久送子仍歌携手篇

和陳味芝壽古景修七十韵

蒼坐滋味在松腴七秩顏丹尚渥如短錘春泉營

圃事深簷晴日課兒書湖山傲睨林君復丘壑高閒謝幼輿不獨幽踪遠城府詩筒久亦與人疏

維陽弔古

耿耿平蕪漠漠沙土人猶説舊繁華流鶯小店春將半瘦馬荒城日易斜些地錦帆無昨夢何年瓊樹有新花月明今夜江橋客因聽簫聲倍憶家

陪程諭德李武選吳修撰遊虎丘次諭德韻

時有淮人送豆酒至

送別尋嘗嘗武丘斯文何似茲迴遊峯頭春閒[illegible]

飛鳥天際雲帆見遠舟美酒試嘗淮市豆新詩聊戲薛公油座中詞客皆豪俊不数當時趙倚樓

送程仁民省親陝西

匣劍囊琴促曉程關山迢遞不辭行三邊斧節尊公令千里庠闈阿子情吳苑聞鶯春酒熟秦川走馬暮雲平胡兒壯適無烽火滿地農歌慶耦耕

清明隆阡遇雨

清明真見雨絲絲滴瀝林梢雜澗聞仰面傷心無向日低頭揮淚有狐墳松根絮酒澆新土嶺外棕

衣裹濕雲歸路何堪夫向晚喬灰飛起鳥成羣

以椿芽茶分餉周宗道速其詩答

椿芽清以詩中味不見將詩作報瓊解失龍山猶有補孟嘉落帽有嘲之者嘉作解嘲其文不傳東坡為補之罰貪金谷故無成香竟挹雨憑何用靈蘗涵春想浪烹僧問南樓燭花底長髯曾斷幾霜根

和吳太史贈陸允暉詩韻因題

疊峰真看隱太行眼中能事少人方徊憐卓犖

春色淡覺雲烟入練光冪半早誇韡入幽

妥絕當觴美人最是吴修撰清句臨風振水蒼

瑞蕉爲朱景南賦蓋景南以孝旌門而蕉有花人以爲瑞

朱家孝子旌門日蕉本猶知雨露春十扇綠光風葉大三危甘瀋露苞新玉槐有孫還憑物冠竹重生好征人今喜此花開此第牡丹一掃洛陽塵

送趙中美遊西湖

十年不踏臨安路今日因君省舊遊山鳥山花當好在西湖西子似前否也知行樂多紅拂已倦追

歎有白頭繫纜石邊春酒醒別苔應見短題留

送陳嘉言赴洞庭徐氏館

洞庭三萬六千頃看泛圖書入渺茫魚鳥依人聽絃誦雲霞隨地發文章山連綠橘秋當座湖浸青氈月滿堂徐孺陳蕃互賓主酒杯相對賦滄浪

會稽昌亂

與君近住不相逢客裡清談入笑容水郭方舟燈次酒江村斜月夜分鐘雖憐海兗勞民事且喜天台遠縣封欲辦青鞋訪桐柏未知何人定相從

過希心齋道士舊址

孤墟寂寂臨川上，桑海茫茫感蛻餘。舊用棗盤靈霹靂，新來劍地入蝸蜍。羽人欲化楓林老，仙鶴無言石表虚。我頗追求金薤稾，碧苔狼籍蕩蟲書。

送劉獻之還遼陽兼寄賀黄門

江右遼陽皆故國，往來寧有異鄉愁。松楸棄梓知求舊，烟水雲山豈好遊。暑濕客衣更白苧，書裝帰匽買華輈。煩君問訊黄門老，魏闕閑心我許憂。

謝松江陳廷辟叢竹屏

一庭疎玉漏秋空却羡湖州畫未工雲母影寒金瑣碎湘妃骨瘦月玲瓏青寧隱枕疑生雨紫鳳臨軒不避風君子高情寘難忘渭川分入小窗中

問沈東林病

問藥前朝有使過枕書知道卧雲難未應太痩因詩苦自是衰遲覺病多嗟子晚風懸竹户魚茗新水潺羨河术烟細〻連床靜遥想支順兩鬢皤

題畫與古中靜別

江上何人歌竹枝故人臨發思徒〻曉風殘月吾

清夢逕照帰雲杜甫詩尊酒見饒青眼對江湖難
分白鷗期酷憐别後緘題少併寫溪山寄所思

得孫報宿田

白頭始喜有孫兒喜極還憐養老遲五十三年方
得此初秋一日是辰時哇哇隅屋啼聲亮落落撐
盍骨相奇擅盡燈花猶未眠題詩連夜報君知

失孫

茫然得失真誰使欲問惟應造物知六月流光人
属夢千金遺愛濃如緣重來尚结他生頤老去難

棐見在悲嗣續百年成底事藁葺空剩兩篇詩

賦綵花

縹蔕緗枝出手中開情落意與春同采綃影薄合微粉金剪痕深破小紅錯使蝶疑連日雨不教人怨五更風隋家園裏真消息已許吳姬一笑通

夜泊東城外懷李武選陳諭學

微陽已在亂山西客子臨城憇欲迷舟楫茫茫川正迥衣裳淰淰露先淒潮回古溆東流急天隱層城壯斗低只尺故人相隔越虛懷寥落候開雞

九日壽夏仁傑

嘗聞有子萬事足況子推恩得美官九月遇生今更少八旬爲壽古猶稀醉傾北海鸕鷀杓秀倚南山獬豸冠滿眼黄花供一笑蟠桃亦作等閒看

寶林聚師八十

定裡何曾記歲華萬緣空是壽生涯千峰健步無節竹一缽加餐有飯麻心似青蓮藏般若眼將秋月照楞伽問師歷臘今多少不欲通人道喫茶

潤洲魏處谷道士致書求畫

黄紬擁病卧溪居剥啄聲傳曉夢餘一鶴忽来仙
客驥兩緘應得故人書竹尊瞑酒燈花亂草閣揮
毫雪影虛要與金莪寫蒼碧十年不見耶生跡
和劉士亨見寄韵
向後才情軼孟郊醉吟何處定推敲雲開二竺芙
蓉擁雨壓雙湖翡翠巢老眼詫書縈似蚓滌杯吻
酒釀如膠風流憶共朱家晏小杏輕烟竹裡庖
送劉二府陞守桂林郡
戴鶚已看騰五馬三吳八桂轉彩闕冥来道逃行

霖雨輕重令人念雪山故國桑陰違客路春風柳色動江關頻年負荷暫無□只把微辭捲厚顏

贈張大參敬之

白玉峰頭勇退翁帶金黃映菊花叢淡無世好營蠅裏濃有帰心倦鳥中南國春秋家學舊以隣伏臘酒杯同田園遠舍門臨水汝潁真看有此風

宿惠山聽松庵有懷李貞菴

風湍松庵西日晡卧遊今喜借禪蒲舍人水墨蒼苔壁庵有王友石画壁名于梁溪學士文章紫竹爐沐有王達善竹茶爐

記及一卷詩抱被真來伴泉石題詩聊欲記江湖李賡

獨去仙舟遠月下鄭程夢叟無

猪苓為韓克和壽

山中生息草蕭蕭剛鬣鬆鬆認綠苗金櫃註名寧肴誤翠筐充貢不從遼酥凝素質雲猶濕苔蝕玄膚土未消珍重涉波將遠意壽從風味奪蟠龜

賞牡丹席上作折枝贈劉德成

爛熳爭看蜀錦堆却疑春色隔墻來酒逢知己何辭醉花笑貧家不稱開紅亞暖風憐淡嫩粉含清

露濕重臺明朝只恐都零落為轉長生托紙胎

闢闔久振陞河南方伯

數〻聞人說轉官尺書軌訊遠應雄君成終見朝廷用流穴令憑宅牧安甸內河流開浩蕩崇前岳色倚高寒題詩吊古州宣際爭許邦民伐石刊

和周桐村涵暉樓韻二首

落景輝〻映碧甍何人習賸此来登要從平楚望千里恨不飛梯高十層賓席晚山掀幕酒商艑新水傍舷留詩懷浩蕩赤欄畔頭白周郎許獨凭

其二

頭白冏郎詩獨凭風流郵數後人登庾公於此興不淺崔灝題詩誰更能返照未收千峰影長川已亂萬家燈和韋滿卷少佳句我亦聊從舊墨繩

送陳啟東諭學衢之江山

魯轅開轄送青毡又向三衢問浙船一簡教官吾道在廿年銘次衆人憐朱簾燕子憑誰捲皂棧驊騮且自編莫把此心灰白髮好吟清譜與高緣

六月廿五日留別虎丘泰微中松隱庵

虎谿幽庵隱萬松十年不聽講時鐘寺僧禁酒常醒地狂客留詩自惱儂山葉漸交蟲食篆石苔將漫鶴行蹤東歸短棹搖西日猶隔平湖望碧峰

寄雲中范幕府董掾

旌旗動地雁門開帥府宜收俊傑才油幕每推陳子檄月樓還共庾公杯曉騎叱撥衝沙去夜拔蓬婆踏雪迴男子功名真唾手行間只尺是雲臺

和陳教授賞歎千葉牡丹韻

碧玉堂前富貴花東風開到太丘家繡烟神女沾

春雨辟穀仙翁拾晚霞盆土種来千日貴内園分出萬人誇醉看舊有黃封賜不向杏村茅店賒

題杜子美像

滿地干戈草木秋漫將白髮染窮愁英雄感慨言空在家國艱難盜未收老淚邉頭哭堯舜此心裏許夢伊周草堂依舊成都是日暮門前江水流

其二

貧莫容身道自尊先生肝胆照乾坤淚因感事時時有詩不忘君首首存孔雀豈知牛有角杜鵑愚

識帝遺寃千年珎重丹青在大雅何從著讚言

拜岳武穆像

松嶺離離草露多碧山高廟獨嵯峨天如未喪無
三字國自甘亡有一和宛宛丹青尚生氣潛潛毀
泣付悲歌伍胥不合錢塘殁又見前朝起後波

孫世節貌陋容請題

白頭儘是老便宜六十餘生天地私學舞固無長
袖子出遊還有小車見綠陰如水微吟處紫袷含
風半煖時瘦影任君描寫去百年草木要相思

古中靜學寫菊舊號鐵梅改爲菊堂次張碧
溪韵

近因寫菊更新號所寓何妨扁菊堂水墨津淥初
問道風霜蹊徑晚尋芳梅邊短杖都無夢經上東
籬亦可觴有酒有花皆樂事人間無日不重陽

題春雲山色圖

江上春晴啼竹鳩白雲狼藉未全收戲教山好忽
然去故要樹深終日留其意不知何物命老夫還
悟此生浮與君浩蕩論胸次把筆因之作刧遊

題釣圖和韻

白髮今吾改故吾此身滿地是江湖只饒酒債從人舉敢倚漁竿待價沽流水之間心自滑浮雲以外夢俱無綠陰高樹感箕踞此意憑誰作畫圖

文湖州竹枝

矣矣先生有遺竹翛然畫法妙無書千竿水石秋容合一叢風雲墨色虛剪伐已逃漁具外收藏今保纖材餘他人敢奪王家物舊好重修君子居

題畫

嫩黃楊柳未藏鴉隔岸紅杏半著花閑眼闌干接平楚夾洲亭館跂長沙悠悠魚泳知人樂故故鷗飛照髩華如此風光真入畫自然吾亦愛吾家

倣大癡小景

江光掩映夕陽臺今日痴翁安在哉好在雲山呼或出何消仙鶴化重來瀝窮愧汗恐端筆認錯微軀是托胎春煖秋涼並無事白頭不放此心灰

學雲林小景

燈下秋山影零亂況兼老眼鎮模糊筆蹤要是存

蒼潤墨法還須入有無自我開簾看翡翠憑誰作
釣拔珊瑚倪迂標致令人想步託邯鄲轉謬迂

倣雲林畫

知迂的是荆關手聊復從迂寫素秋莫道西山無
爽氣我於冬野合低頭林墟壓葉吹高帽沙水飛
漚掠遠舟一箇小亭消遣得儘將吾道付滄洲

山水圖寄趙氏部孟麟

縈縈石磴渺林巒百折緣泉草蔓湧穿窗寵來憑
柱杖可臨桓處藉闌干洗開山色雲生浪鍊出秋

容樹轉丹我約金集遊未得先圖一紙寄人看

清谿散步圖為徐文序作

老去山翁空世情偶因谿好獨閒行高歌激物鳥忽語樂事會心人不爭露氣溢花沾濕好風瀾當日動搖明臨流愛濯無塵濯青布披巾況淺纓

洛神卷

煩馬蕭〻駐西日桂旗冉〻曳靈風潛川容約殷勤記流水微辭宛轉通珮玉有聲山月小襪塵無迹浦雲空人間離合須臾事還似高唐一夢中

題夏景

地靜林居無日影紫微花落暑闌珊兩翁白髮棋爭後一箇黄鸝茶話間雨氣欲來乘驟動風颸略過樹陰閒隔溪草閣尤涼淨覔攜呼杯看鶴還

錄余青陽廷心與鄭山子彝手札

國雖倉惶細語箋危城落日大江過干戈一膽公生死涕淚千年尚簡篇家裡織縧如有婦波心艳印若無澗燒香洗手畫新綠颯覺英靈筆研前

題史西村遊杭詩稿

珠貝連篇一卷間只疑輞載古杭還候潮路遠肩
輿重酹月謌長酒量慳自惜舊遊妨老病且從新
句見湖山問天賒取明年徒何必因人有厚顏

讀戚仲䂓遺詩

飯鹽苜蓿湯闌干自信書生骨相寒遠落荒州悲
燕幕老收微祿笑鮎竿一杯隨雲方歸國萬事浮
雲又蓋棺燈下遺詩不堪讀讀來句句與風酸

九日無菊賞芙蓉

芙蓉九日爛尊前籬脚黃花苦未[illegible]素調及時[illegible]

落後本開遲者却當先紅粧風露秋無價白髮年光醉有緣今許滿頭還亂插齊山笑口不須徧

賞玉樓春牡丹

白頭杯酒重臨軒喜見名花又一番春粉賦霞微着暈露紅漸玉淡生痕酷憐似醉還饒笑儘是多情尚欠言老者相看聊見在遠謀何暇為兒孫一

梅花

寂寂踈林滿地苔自知溪逕不容媒沈郎太瘦亦復耳范叔一寒如此乎湯有心腸竟何與本無顏

色不須猜老夫氣味頗同致歲晚相逢笑口開

東闌牡丹為好事者掘去

荒庭粗整石闌干始買花栽得牡丹富貴同心宥人愛繁華移手別家看烟根已撥苔猶破雨坎空存土未湯哭撫老懷無所惜固知留到子孫難

二十日見菊

剌眼新黄見曉枝衆皆爭早獨何遲晚成霜下真能柰静寄籬根不自卑聊補一年秋淡薄追嫵媚日事參差老夫謝酒緣多病醒眼還知落帽時

病起詠菊

試步庭中雨迹晴籬花黃白似相迎病腰從倚秋多瘦老眼朦朧晚借明南國金夫空倚富東家玉去自含貞一年一度期追懶今悵山杯欠此情

病中折菊爲供

憂懷判與菊無私奈此籬根爛熳枝强借陶飛應秋事因將病眼澆寒姿夢中笑口簪花伴枕上清齋止酒詩小閣紙簾岑寂地茶烟零亂鬢絲垂

草堂前梅桃今春相續試花

春色今年負古臺東風續續見桃夭穠華莫惜三
杯賞寂寞原非一日培我有好懷隨物遣花矜老
眼盡情開人生最似紅芳迹白髮蕭然感綠苔

吳元玉邀賞牡丹分韻

百朵香雲怕急飛未曾來賞判遲歸臨軒要約從
先定折簡頻煩恐後違藥玉酒船羣客送黃金筵
宜主人揮添燈不道成深夜起看紅粧覺露微

和陳玉汝大理乞竹韻

僮子才通醉日書長身早見載專車藥留蒲爾[illegible]

銅濕鞭走新泥蹼節舒下馬題詩添過客借風清暑便憐居夜來半舫春中月壁影蕭蕭水墨虛

梨花

瑩白姿容謝粉鉛不教酒洗自嬋娟日華烘把溶溶雪月影涼生淡淡烟深鎖春愁帰院後靜思先夢凭闌邊郁堪掃地東風惡抹撒清明又一年

落花三十首

富逞穠華滿樹春飛飄辦落樹還貧紅芳既蜕仙咸道綠葉初陰子養仁偶補燕巢泥借寵別修蜂

瓷水資神年〻為尔添惆悵獨是姮眉未嫁人

其二

飄〻蕩〻復悠〻樹底追情到樹頭趙武泥塗知辱雨秦宮脂粉惜隨流癡情戀酒粘紅袖急意穿簾泊玉鈎欲拾殘芳擣為藥傷春難療箇中愁

其三

玉勒銀罌已倦遊東飛西落使人愁急攙春去先辭樹懶被風扶强上樓魚沫劬恩殘粉在蛛絲牽愛小紅留色香久在沉迷界識物誰能備此筵

其四

是誰搗碎錦雲堆着地難扶氣力頹懊惱夜生聽雨枕沉浮朝入送春林梢傍小剩鶯還餘風背差遲鶗又催瞥眼興亡供一笑竟因何落竟何開

其五

十二街頭散冶遊滿街紅紫亂春愁知時去去留難得悟色空空念羅休朝掃尚嫌奴作賤晚歸還有馬堪憂何人早起醻憐惜辜負新粧倚翠樓

其六

夕陽無賴小橋西春事闌珊意亦迷錦里門前谿好浣黃陵廟裏鳥還啼焚追螺甲薇香史煎帶牛酥嘴膳娭萬實千鈿真可惜婦來直欲滿筐攜

其七

一園桃李只須臾白〻朱〻徹樹無亭恠草玄加舊白窗孀點易亂新朱無方漂泊開遊子如此衰殘顏老矣來歲重開還自好小篇聊渡記榮枯

其八

芳菲死日是生時李妹桃娘盡欲兒人散酒闌春

亦去紅消綠長物無私青山可惜文章丟黄土何堪錦繡施空記少年簪舞處飄零今日鬓如絲

其九

供送春愁上客眉亂紛紛地竚多時擬拈綠萼雞成些戲比紅兒煞要詩臨水東風撩短鬓惹空晴日共遊緣還隨蛺蝶追尋去墻角公然隱半枝

其十

昨日繁華煥眼新今朝瞥眼又成塵深閨芊戶無來客漫藉周亭有醉人露浮烟淒傷故物蝸涎蟻

跡弔殘春門墻蹊徑俱寘落丞相之時却不嗔

其十一

芳樹清尊興已闌抛家滚地又成團帶烟窓扇櫺斜透夾雨簷溝毛半溼老衲目皮閒作觀小娃裙衩戲逐歡無端打破繁華夢攤被傷春卧不安

其十二

斷送韶光入雨聲群芳何力與誰爭塵街御苑非佳兆馬進天閑借美名時不可爲傷薄命事因無賴到輕生堪憐堪笑知多少直得吟翁老費情

其十三

東園重過悵徘徊白亂紅紛似翦裁昨日不知今
日異閒時便有落時催留連空樹渾無賴牽惹閒
愁却悔來固蔕長生信三朶又非仙頂莫栽培

其十四

再四追尋何處過石闌干外竹簾前青虫夾墮容
相賴黃鳥兼飛得可憐移昨夜燈修故事剩今朝
雨泣餘妍摧殘悵感年年慣將謂今年劇去年

其十五

馬追紅雨傍遊回春事闌珊意已灰生怕漸多頻掃地酷憐將盡數銜杯莽無留戀墻頭過私有緋細扇庭來老去罣牽宜絕物白頭自笑此心絃

其十六

拋叢脆當亂如擊摇借鸞膠不可黏梨雪沍階人病酒絮風撩面妾窺簾千林如約垂垂盡一片相兒漸漸添欲托丹青著遺愛頓無情思筆難拈

其十七

處處春光花滿烟忽隨春去便淒然亂飛敗興休

常立窗下閑愁且背眠放怨出宫誰戀主抱香投
井死同緣夕陽寂寞江南壯欲滿西興舊渡船

其十八

樂遊園裏覓芳菲朶朶真能全作片飛開日未閒如
已謝見時無幾惜多違香猶鬱土亡妻奠淚不成
鞋棄婦帰正是使人追憶地况来惹鬢浸沾衣

其十九

花欲延春奈子規聲聲催到綠陰時遲来杜牧惟
逢葉深信秋娘空折枝悲濺淚邊何忽忽悶低頭

處共垂〻淹留墻脚蔦黃甚蝶已無情豈有私

其二十

千樹何曾剩半株芳蘼惆悵與時殂層〻疊〻根頭有竅〻寮〻葉庇無騷亂又當春結局流亡真要我為圖趍空獨讓沾泥句着想留懷自覺輸

其二十一

百五光陰瞬息中夜來無樹不驚風踏歌女子思楊白進酒才人賦雨紅金水送香波共渺玉階看影月俱空當時深院還重鎖今出墻頭西復東

其二十二

障〻紛飛看不真霎時芳樹減精神黄金莫鑄長生蔕紅淚空啼短命春草上苟存流寓迹陌頭終化冶遊塵大家准備明年酒慚愧重看是老人

其二十三

擾〻紛〻縱復横郵堪薄〻更輕〻沾泥寡老無狂相留物坡翁有過名東坡三詠落梅云留連一物吾過矣送雨送春長壽寺飛來飛去洛陽城莫將風雨埋冤殺造化從來要忌盈

其二十四

似雨紛然落處晴飄紅泊紫莫聊生美人天遠無家別逐客春深盡族行去是何因趍忙蝶問誰為說傲啼鶯悶思遣攪客酣枕短夢茫〻又不明

其二十五

春歸莫恠懶開門及至開門綠滿園漁楫再尋非舊路酒家誰問是空村悲歌夜帳虞兮淚醉傍烟江白也魂委地于今却惆悵早無人立獻風樯

其二十六

節枝侵撓啄芳痕惜亦庭階亦暫存路不分明愁
喚夢酒無聊賴怕臨軒隨風賞去從澌潒瀟樹難
留絕故恩惆悵斷香餘粉徑何人剪紙一招魂

其二十七

十分顏色儘堪誇只奈風情不戀家慣把無常玩
成敗別因容易惜繁華兩姬先殞傷吳隊孫武斬吳王二隊長
千怨叢埋怨漢斜消遣一枝閒拄杖小池新錦
看跳蛙

其二十八

闌擢既屬春少容遲緩亦誰嗔酷憎好事敗
也苦被閒愁縈殺人細數只堪滋眼纈仰吹時
欲墜頭巾不應捫虱窮簷著薦坐　公然有錦茵

其二十九

東風刮刮劇情吹萬玉園林孑不遺席捲橫波西
楚借國亡空愴後庭詞拂紅回去思前度搔白看
來惜少時莫恨留連三十詠老夫傷處少人知

其三十

貴變奩空雨滿城鏖芳戰艷寂無聲白頭花與闌

陪掃紅粉佳人騫著驚莫論湧山便麤俗還憐點
地亦輕盈亂絲〻處無憑據一局殘碁不美羸

蒔菊

合尾團〻縛小盆烟鼓分蒔遠秋軒先教辭葉去
知種更慮澆泉太漬根寒送餘甘歸藥籠晚接薄
分與柴門開花解向天涯笑遊子何時憶故園

雪蕉

王維偶寫雪中蕉一種清寒尚未消前度風流思
舊觀後人影響見新標殘黃潦倒湧詩跡破綠離

披折扇杓令　日蒙翁同麽夢曉窓呵筆費辭招

陸翁贈簫杖

一節叢竹歲寒條十節中通亦當簫使我弄秋啓
有顛累翁歸夜手無聊星台古竅聲猶滑霞漬長
苔色未消老甚出遊今滑力坐吹明月廣陵橋

咏簾

誰放春雲下曲瓊一重薄隔萬重情珠光蕩日春
如夢瑣影通風笑有聲外面令　日倍惆悵裡邊容
眼自分明知無緣分難輕入敢與楊花燕子爭

白燕和袁海潛韻

素姿驚眼舊全非百姓尋常識者稀向月似看僊練帨閒簾殼放一鵰歸知飧雪液通仙骨解剪霓綃作舞衣定是阿嬌歛上玉卻來金屋化僊飛

螢火

閃閃熒熒無定居隨風呈散滿郊墟空名何補昏黃際末照聊承腐爛餘陰類濫明如火冷小派乘隙怪窗虛自憐老眼糢糊甚縱著囊盛已廢書

人影

身外觀身托我成我初生日没同生謂無亦有終無實假有如無強有名夜壁湯隨燈慘淡曉窗偏屬鏡分明美來惟與鰥夫稱老去猶堪作伴行

破蕉

翻手青青覆手黃也隨人事作炎涼臨闌默默低頭月淵眼蕭蕭敗興霜舞袖郎當官妓老田衣奠倒醉僧狂明年看受春風寵醉墨重題展賀章

楊花

撲面吹衣雪點晴亂紛紛地亞夫營借風爲男終

無賴與水何緣却託生看雀啅金新蕊破愛蜂撩
玉小團輕蹋歌女子空連臂喚不歸來信薄情

其二

恃何顏色漫顛狂雖取浛名未取憐寒士衣裳思
挾纊相公簾幕欲漫天吹噓不起春泥上撩亂無
端老鬢邊一種前門小兒子傍風囙日弄輕圓

送門神

艳開懨悴兩疲兵衆欲靡之我漫縈檐尔功名惟
故绒傍誰門户有長情戟悲雨迹銷殘畫鏊頳虽

絛戀絶纓莫向新郎訴恩怨明年今夜自分明

棄婦吟

白頭吟後我重吟海水何如我恨深外面笙歌裏面淚一家恩怨兩人心雙鴛沙煖春全透孤鴈霜冬月半沉毀却鸞釵休認火不知長舌解銷金

鄉有富子費盡至行乞賦此以戒暴殄不守先業者

西走趁趁破練秋風裹凍鵝今日泥塗眼火舞夢中人口饕未卜播無祭戶艶[illegible]

任柘已薪寄與當兒休暴殄儉如良藥可醫貧

諷久客

宛丘擊鼓滯歸人酒盞花枝日日新千里鹽資方
貴楚十年緡算未收秦關臨落月鷄催夢路逆西
風馬避塵鄉信悠悠不堪寄深閨愁絶鴈聲春

荷杯

花共媚媚俏玉卮紅粧文字兩相宜分香容座須
風細傾蓋林亭要日遲仙子新開壺裏宅佳人舊
雪手中絲便應此會同桃李酒政頻教罰后詩

詠錢

區區團團銅作胎，能貧能富亦神哉。有堪使鬼原非謬，無任呼兄亦不來。搖爾苞苴莫湯臭，終然撲滿要遭槌。寒儒也辦生涯地，四壁春苔綠萬枚。

其二

存亡未了復存亡，愁火雖燒此利根。生化有涯真子母，圓方為象小乾坤。指揮恙聽何須耳，患難能排豈藉言。自笑白頭窮措大，不妨明月夜開門。

盆水映日圓影上簷可愛而賦

盆瀉陽來合晶熒圓見層牙倒影明剛就一團包
太極類從六觀究無生照來虛室星光現即入空
深月相成且信茅茨藏白璧尚明躬齋論連城

雪鶴

何年白鶴遼東去雪影翩翩蹤不歸少保畫圖殘
粉在令威城郭故人非孫臺夜色迷丹頂珠樹春
寒失縞衣塵海別來三萬日碧雲追遞憶高飛

挽張東海

只合留巷白玉堂天教醉墨貴南荒衰毛送老歸

来麵遺草隨年化後長我欲扁舟許離别竟成淸
淚作存亡因尋舊寄聞鶴帖人物傷心隨渺茫

悼張靜之黃門

先皇深寵死難忘魂識還依玉案傍滄海莫知歸
有鶴白雲誰謂去無鄉念終逕乎天終吝世自存
詩人自亡憶得西湖鶴咏地豈勝淸淚月微茫

挽沈昭德

青袍落冕衆堪憐每每料場讓少年原憲長貧還
稍病淵明一火竟無壘小扁䌷筆留鄉邸舉紙虛

名付冷鐘寬憶西湖是歸路梅花月色尚依然

哭劉邦彦二首

五十年来托故知秖覊兩會便長辭湖山好在無人物風雨空令有渟淺松下骨埋宗長鑱梅邉寬和老逋詩瓣香在手身違病月落斜窗起坐時

其二

天教行樂住杭州今日湖船似舊否樝怪劉郎来不再詩憐杜甫死方休風流山水仍紅拂富貴壺觴到白頭最是竹東聽雨夜而今空有夢追遊

讀吴文定公■御祭文

德望文章稱科甲官階壽考更兼之嗚呼今月延陵墓不愧當年有道碑　天子重傷麟歿魯吴人私幸鳳生岐白頭野老宜先死慚向秋原哭所知

挽東禪信公

匝頂霜根七十强笑呵呵地佛心腸掀翻趙老茶公案踏破林仙酒道場屋掩雲蘿秋榻淨殘經松月夜窗涼我來借宿今無主還擬呼之在醉鄉

挽陳育菴

不見先生系所思交遊何地覓襟期坐來忽化身無病傳是成仙我亦疑馴啄巢鄰偷鶴嘴織縢詩草付蛛絲謠吟舊寄皆珠貝只恐能飛物亦奇

挽劉芝田

老僕長遊雪滿顛澄江歸理舊芝田侯門累足無名刺野店扶頭有酒錢捫虱正談天下事逢蛇忽忘夢中年狐兒爲問他時計猶指床頭稗闔篇

悼華宗灝早卅

老親揮淚哭賢郎雙眼朧朦識舊光天上賀樓今

夕夢暑中香桃去年涼落花有恨青春短宿草無
情白日長知爾遊魂應不遠夜深還自到高堂

挽鄰僧福公

水西鐘磬我比隣惆悵尋師迹已陳生死關心皆
是夢交遊回首漸無人名題古石新城塔影照青
燈舊僧寫真黃菊酒香詩社裏相思偏使淚沾巾

追挽朱侯

蘇臺草色我迴新露冕行春蹤已陳懷惠千年猶
有淚愛民今日已無人郡中畫欲圖司馬地下何

由借危恂惆悵禾蘭堂上月清光不照此德身

挽草窓劉先生

蓉城人〻去路茫〻空有詩名出四方千首杜陵青史筆三朝顏駟白頭郎老來涕淚關時事病裡音書隔故鄉今日王孫招不返江南春草為誰芳

挽楚珍上人

憶尔香積未經旬杖錫重尋不見人今日維摩真是病後時圓澤豈無身烟霞一榻逃應秀風雨空山草自春寂滅未知方外樂我來却有淚沾巾

挽蔡工部公著

鶯聲春色滿星纖憶得高筵話久違金水載花門外過玉騧穿柳省中歸一官未轉身將老十載相逢鬢已稀誰道別來成永隔薤閒晞露益沾衣

忌日哭祖

音容已痛一年違泉下人間事總非忍拂遺塵收草稿尚將殘淚戀麻衣蘭心憔悴春難報竹祖凋零鳳不歸惟有西原千古地夢魂長遶白雲飛

哭劉完庵

故人不見〻新丘滿目斜陽水亂流殘紙獨餘書
法在舊囊郵有使金留半生知己酬清淚一夜傷
心寡白頭寂寞小山叢桂裏空怜鷄犬憶仙遊
挽唐母楊氏
蘭孺蕙佩掩新塋美行空留石上銘孝起病親郵
惜殷義務孫弟不知兵玉臺鸞影何時去錦字蛛
絲昨夜塵揮書賢郎雙眼血吳淞江水幾時清
挽金秋官尚德母高宜人
愛萱人去北堂虛猶有賢名誦里閭天上春雲封

語錦山中寒月照孀居藥丸遺苦悲熊胆教墨消
香憶鮮書今日諸郎多血淚花間偏濕舊乗輿

哭許貞

人生壽短由天數爲汝純朋特哭之眼淚不堪秋
水注鬢毛合作曉絲垂病妻頤後身聊活弱女成
家事未期惆悵夜來祇夢裏東來寒月見清姿

七月十四日聞王怡節訃怡節與亡弟繼南爲姻家繼南之亡先一年而前一日故詩云

壬辰有淚悲吾弟癸巳悲君更潸然冀死恒[illegible]

後日距足休論短長年高梧空掛鳴琴月滌竹猶栖煮藥烟如此仁人如此壽栽詩誰與問蒼天

雨湖聯句

畫船載酒入空濛四面湖山水墨中史鑑
繫纜石留秦舊物賣花人帶宋遺風劉珏
怕寒沙鷺低拳白受濕汀桃淺破紅沈周
未必晴時能勝此笙歌莫放酒杯空沈召

石田先生集終

石田先生集

長洲沈　周啟南著
後學錢允治功甫校
陳仁錫明卿編

五言絶

自君之出矣

自君之出矣朝朝不梳洗思君如馬蹄千里復萬里

其二

自君之出矣獨宿黃金閨思君如織女不得渡河西

其三

自君之出矣盈盈太瘦生思君如溪雲不知何處行

其四

自君之出矣妾淚不曾乾思君如破鏡何日再團圓

玉堦怨

寂寞復寂寞玉階花亂落涼風昨夜來團扇不禁作

其二

團扇復團扇秋來不相見珠簾十二重已有雙飛燕

寶林寺十咏

煑雲寮

衲子吹松火開門煑六花莫言宜麥事且喫趙州茶

梓宇

高倚寮居種清陰帶北山甆材人不用且伴老僧閒

山茶塢

葉暗冬林黑花深曉逕迷落紅僧過處打着紫伽黎

水竹亭

清流環四面有竹在亭旁十月無人到脩然春笋長

蕉窓

淨植碧窓下踈櫺大葉垂夜來春雨裡愁洗舊題詩

石橋

橋南車馬道橋壯招提境僧從橋上過遊魚怖人影

方塘

方塘方似斗涵天生四角還見月團〻夜向談心落

栟櫚逕

夾逕種栟櫚陰延百步餘春來新子熟緣木可求魚

停鵠館

不意龍象區寵臨鸞鵠侶太史遠占星知有賢人聚

薜蘿龕

牽緣補春雲閉門不須鎖夜深禪誦時玲瓏見燈火

偶成

守義黄金逐加年白髮盈黄金與白髮任尔两無情

爲友人寫蕉

便欲開船去因君更寫蕉要知相憶地葉上雨瀟瀟

夜泊平望

水驛人語静黄昏初艤舟西來是苕霅未卜幾時還

謁陸宣公書院

匡濟艱難日丹心骨鯁言千年猶炳若謗焰復何存

宿鹿山下

海氣蒸衣濕孤蓬火未消夜深無夢處客枕卧秋潮

道北干山

朝行北干南暮行北干北來往人不知青山自相識

孫妃墓

傾骨今何在高墻自夕陽墳前有桃李猶認出紅粧

即事

日出東窓上門前啼乳鴉狂風夜來過無樹可留花

閏九月廿三夜夢題戍卒扇

落日照高臺秦川盡裏開阿兒隨望眼與娘臺上回

姚江十二咏爲陳玉汝賦

大姚山

山大當我何山高還我許借問山中雲何時出爲雨

東明院

寺在高明處樓臺出萬松山僧本無睡未曉誤鳴鐘

金家蕩

平湖何淼淼一境寫秋容裏江在湖北淞水在湖

東

金墩

落日下高原高原當古田原中人不作芳艸自年年

笠澤

東南魚鳥地堪與清茗从我把珊瑚竿期誰弄雲水

陳湖

陳湖深且廣日夜東南流湖頭人似玉爲君懷遠

憂

姥城

人語魚蝦市溪微菱蔣稆雖然稱樂土淂似武陵無

上馬石

石没潮來處石出潮去時潮來復潮去石亦不曾知

磧沙寺

古殿瞰清湖高幢標碧樹開看註詩僧欲覓今何

處

藉墟

靄〻桑麻逕深〻墟裏烟人家遠城郭風景似斜川

食利泾

聚金非此出利名何以傳憑誰更疏鑿爲爾引廉泉

瑞雲觀

飛觀凌丹霄上住飡霞客時有步虛人風吹度笠

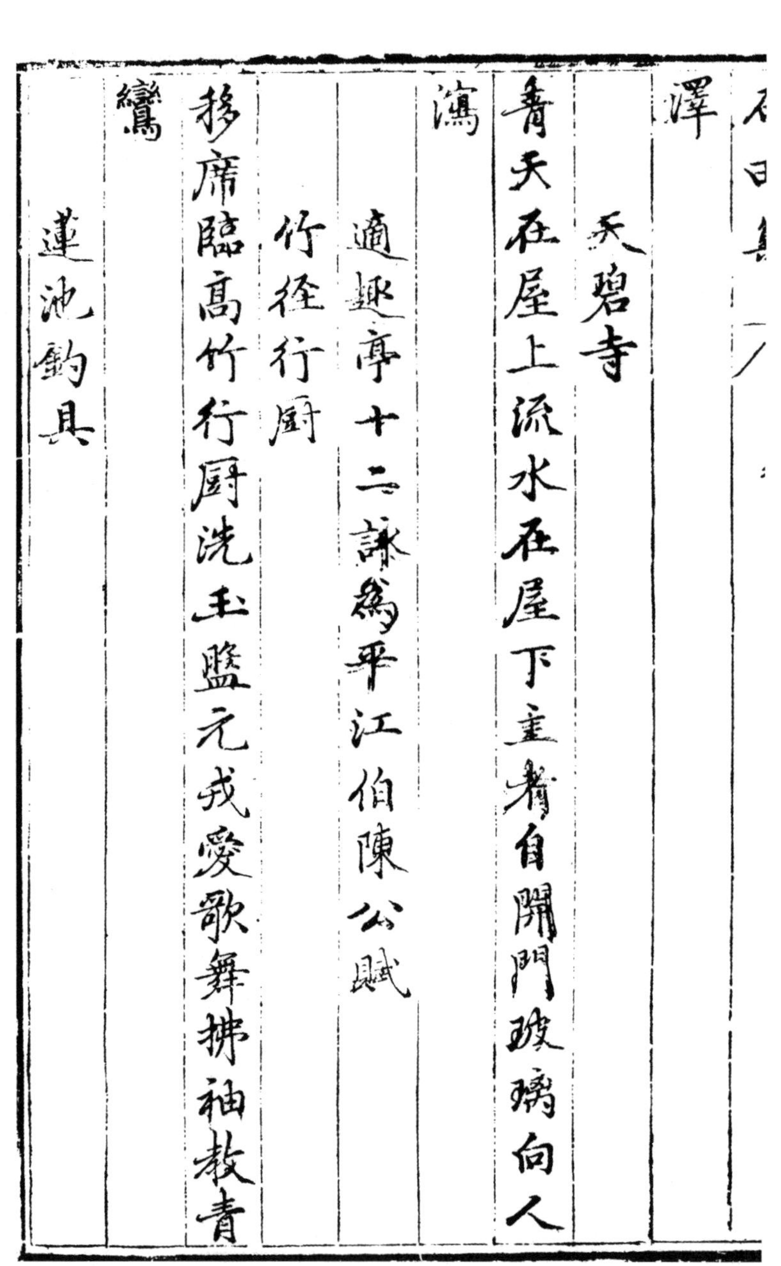

澤

天碧寺

青天在屋上流水在屋下主者自開門玻璃向人

瀉

適趣亭十二詠爲平江伯陳公賦

竹徑行廚

移席臨高竹行廚洗玉盤元戎愛歌舞拂袖教青

鸞

蓮池釣具

鸂鶒紅蓮水蜻蜓青竹竿還知擊鰲地東海始爲寬

雨中春樹

林光春雨裏群木未開晴十萬椎旗濕麓前看洗兵

茶竈晴烟

裊裊復裊裊小亭茶沸時清風無聊賴故惹鬢邊絲

菊存晚節

桂散天香

亭在天香裏秋風四面吹千金還有子拔地出高枝

葵心向日

大將心忠赤栽花亦向陽捫心對花坐彼此共恩光

槐影屯雲

槐影張高幕林亭撒綠油將軍讀韜畧六月氣如秋

松逸引鶴

落〻乘軒物松間伴散行㝡憐白玉帶相映羽衣明

柳下觀魚

緩帶垂楊下觀魚流水中江湖人不遠尺素幾時通

酒杯皓月

有月来青天落我酒杯裡酒盞忽不見天上長如在

雪裡寒梅

一亭圍萬玉梅與雪相宜烹酒清香地還思破蔡時

為張固寫鷄

黄卷青衿子紅冠碧距鷄要知勤讀處須候五更啼

菖蒲

秋根落石细晚節醮泉涤此意憑誰識江南謝侍郎

繡毬

簇〻玲瓏玉團〻簇不開天風苦無賴推月下瑤臺

老少年

朱艸老而秀秋顏還返童題詩寄霜葉慚愧白頭翁

秋葵二首

粟玉爲仙骨蜜羅裁道衣石闌風露下相見是耶非

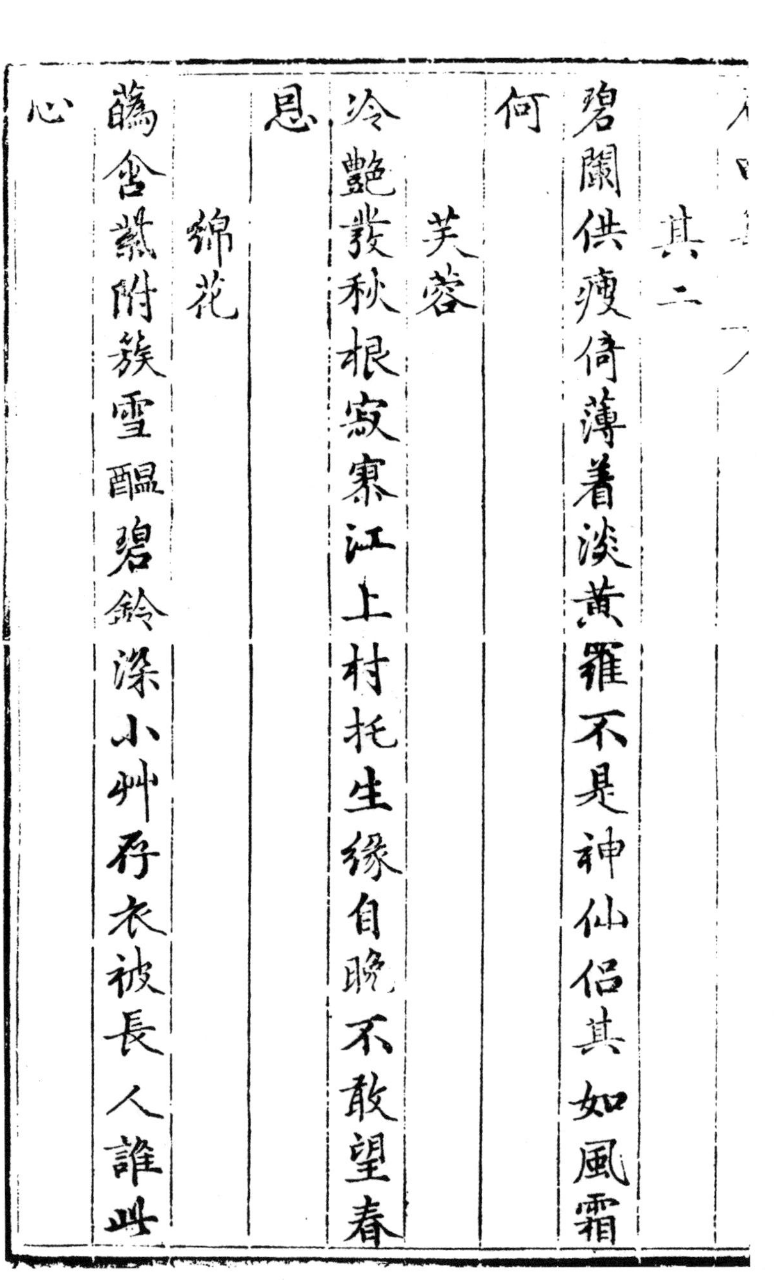

其二

碧闌供瘦倚薄着淡黃羅不是神仙侶其如風霜何

芙蓉

冷艷發秋根寂寞江上村托生緣自晚不敢望春恩

綿花

藹含絮附族雪醞碧鈴深小艸存衣被長人誰與心

絡緯

絡緯復絡緯辛勤鳴露蟲音聲作能事終久不成疋

杏花燕子

杏花初破處新燕正來時紅雨裏飛去烏衣濕不知

題牡丹雉雞

文禽被五色故於牡丹前何似舜衣上雲龍同煥然

題竹

氷霜俱不知風雨亦無恙嫋嫋出縣高未可限墨丈

畫鴉

小人本無狀老子試遂鴉此意詩三百非惟善可誇

題畫

我愛碧江淨輕舟點破秋西風捎鬢脚直滑不梳頭

題畫

一步渡一步山邊與水邊他人休許我閒便是神仙

題畫

虛亭不礙秋落葉直入座可人招不來幽事如何作

題雪景

一白千山合清光照臘寒小橋沽酒步步步玉痕乾

附六言绝

題畫

人尋静處滌任屋向林中小營窓下數枚鵪鴈門前一箇流鶯

題畫

花落水流春去艸生雨喚愁来一日垂簾獨坐晚晴方爲山開

石田先生集

長洲沈　周啟南
後學錢允治功甫校
陳仁錫明卿編

七言絶

初春

畨燒畨寒似小兒嫩春天氣作嬌癡領先辦酒等花發醉到花飛亦霎時

七月十五日城中晚歸

晚郭帰舟急名何市塵猶恐累漁蓑到家覺得争
風雨两樹芭蕉破葉多

和吴匏菴姚氏園池四绝

宫庶才名天下知舊題留在此園池墨痕蠹盡重
翻稿二十年来似夢時

其二

蚤起治園晚始帰黄昏蝙蝠滿堂飛人家夜例開
門睡甚矣先生併去扉

其三

雨後春池湧石磯，櫻桃梅子兩爭肥。東風試煖諸生暇，鬧就滄浪洗舊衣。

其四

小小園池儘自清，不曾誇大命新名。看花看竹多佳客，竹與追陪花送迎。

道傍酒館

酒香觸路酒旗青，去馬來車到此停。信是利糟名粕釀，行人醉煞不曾醒。

題致道觀霻蹟二首

藏丹地庇發金輝半夜通明識者稀生子老師還急起畫符封井鶴先飛

其二

擒蛟欲走夜壇雷飛石驚門不敢開明日道人成一笑綠陰仍鎖舊樓臺

題富翁扇

翡翠堂深酒殢人風簾吹上一鉤銀門前惟見春狼籍卻惜飛花散四鄰

贈老人

淚滿傾頹雪滿顛，一身憔悴自應憐。座中誰似楊開府，莫易逢人話少年。

讀荊公爭墩詩

荒墩落日草蕭蕭，公我相爭已異朝。黄土不知今古姓，亦無百姓種青苗。

經舊遊

家無根柢是豪華，昨日池臺又別家。種種傷心秋雨裏，芙蓉只好不看花。

淵明采菊

典午江山醉不支先生归去自嬾迟寄奴蔓草无
容地慳剩黄花一两篱

子陵垂钓

一出聊全故旧私急归自信海鸥姿中间亦有君
臣谊买菜羗生岂浔知

思理衣

七十余年一老翁心情鹘突腦冬烘寒衣无妇无
人补日日閒窗怕北風

其二

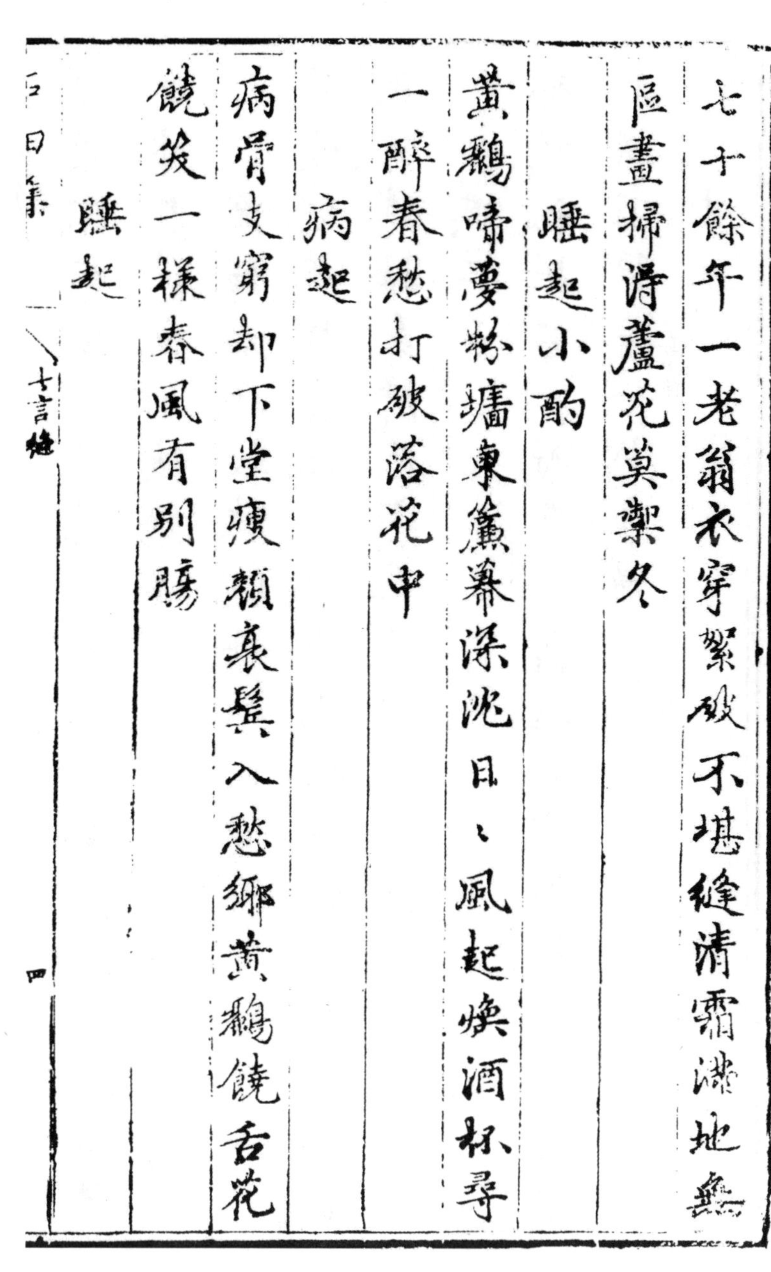

七十餘年一老翁衣穿絮破不堪縫清霜滿地無
區畫掃得蘆花莫禦冬

睡起小酌

黃鸝啼夢粉墻東簾幕深沉日日風起喚酒杯尋
一醉春愁打破落花中

病起

病骨支窮却下堂瘦顏衰鬢入愁鄉黃鸝饒舌花
饒笑一樣春風有別腸

睡起

欲晴不晴雲閣雨欲落未落日掛山道人瞑起思
如水閒倚長松數鶴還

聞楊君議致政賦此以致健羨

秋空歸鶴楚雲高白晳青山白苧袍多少玉堂金
馬客待抽身時已霜毛

其二

都門祖帳百花飛多見龍鍾賦式微較取柳條千
萬折不曾送一少年歸

其三

碧山勾引步如飛步步日知開古亦稀只有憑良年
頗似又非曾惱督郵歸

送周桐村

白髮烏紗將八十文章談笑見楊雄風流不減三
年別未許尊前稱阿翁

其二

看到梅花十萬株清吟一月住姑蘇城中屏障郡
題遍施與吳人百斛珠

送張廷儀

楊梅隨地連日雨江上喚舟〻不來黄帽唱歌今
撥棹青天白日眼俱開

喜張碧溪至

重午杖藜非厭貧秋林紅葉煩如春文遊未必在
杯酒正是老年無故人

題巖午陵像

聞道先生褁足時曾無一語荅相知後來亦有同
衾者再四能歌抱蔓詩

西湖竹枝詞

春風楊柳綠絲〻似妾千思復萬思妾家有酒沙糖味郎若来嘗便淂知

其二

妾在船頭偷看郎〻騎白馬好風光錦様荷花三十里中間一對叢鴛鴦

其三

杏子單衫窄様裁荷花嬌貌一般開中心有事誰知淂酸去酸来只怨梅

柳枝詞

春夢沉〻鳥喚醒烟條兩葉爲誰青別離多少東風恨不在長亭在短亭

題魏公美小像

鶴山孫子舊家聲讀易重開水上亭昨夜梅花四簷月清光不照太玄经

書扇三絶壽繼南

與君今爲老兄弟我已將衰君正强自愧無開四十二鏡中殊覺鬢滄浪

其二

孟秋七月廿七日喜子懸弧屬令晨與婦持漿挈

兒女堂前同拜白頭親

其三

躬耕力食我不厭辛苦讀書君自安待取他年婚

嫁畢白頭同話保家雞

荅人求詩

索詩又是一年餘誰道休文懶未除多病閉門芳

草歇秋來慚愧故人書

促陳啟東和章

竹影樱阴转夕阳懷人應只在東牆不知彩筆將
春興未遍鳥絲尚幾行

格叉不至

故人不肯訪雲蘿秋事闌珊奈爾何十里芙蓉俱
落盡相思惟有月明多

次韻題劉完菴畫

天涯纔見一人還僧寺來偷半日閒勘破十年塵
土夢畫中不寫晉陽山

題劉完庵所遺福公天影閣山水

舊遊詩畫少劉公人已冥冥閣已空仙鶴倘來還
感慨只應此地是遼東

虎丘送陳玉汝赴春闈

峰頭閣酒看湖色樹上開窓見鶴羣今日登臨最
高處似君平步入青雲

題林子山濯足圖 子山趙文敏之甥有隱操

宦塵不染山人足却寫滄浪濯足圖果是滄浪能
濯足可曾流到渭陽無

夏太常爲浦士安作雨竹令遺其甥金仲和

楚雲零落楚江秋日暮令人省舊遊白水同心十
年事一番聽雨一番愁

夏太常爲仲和寫梢配之

寫玉仙卿老更工墨池生雨又生風謝安已去年
墨在十載瀟湘似夢中

題方〻壺畫

琵琶嶺上丹經幾海桑庵頭墨法真草樹依然黃
崔遠江南思煞未歸人

題陳啟東竹卷

亭亭碧玉真堪倚，鴒鴒青鸞不受騎。豈是玄都觀中物，秋風秋雨自江南。

書福公酒病而癸

遊魂何地月蒼蒼，錯認泉臺是醉鄉。一个石幢千載事，酒壽今日爲誰忙。

陶朱公知子

見客惜金難贖死，阿翁先見却如神。曾家老母九能事，自信參見不殺人。

題虢國夫人宴歸圖

倚馬嬌羞認八姨春酣歸院日斜時回頭聞得漁陽鼓猶料催花羯宴遲

書事

買珠豪客下京城貂帽狐裘作隊行大錠價金詩帑物就傍真鑒貢州名

其二

百兩高酬一顆圓吳兒狗利最堪憐東家白賺西家物即出門頭自賣錢

次東原先生與其甥魏公美詩韻

蒼〻筆力似荆關白髮圖書老不閑未許羊曇乞西墅畫中分與舊溪山

題聽秋翁所遺墨竹

草閣秋風拂舊圖墨痕猶自濕珊瑚丈人已化遼東鶴今日空憐屋上烏

桃花

活色生香傍石栽三郎常喜看花來如何内苑偏消恨不向青騾蜀道開

咏妓失環

三月花飛江上春扁舟愁殺渡江人就中心事知多少惜脫明璫贈水神

送人歸杭

碧玉西湖紅藕花酒壺月色賸堪賒蘇州不似杭州好真怪行人苦憶家

太湖竹枝歌

吴江長橋如長虹西来太湖橋下通我愛落日水如鏡照見人影碧波中

其二

蘇州南來是太湖少見楊柳多桑株誰家女子在樓上手揭紅簾看打魚

贈陳毋則

干禄未曾登薦稿養親還自讀醫書名園綠水城南路大樹啼鴉是故居

獨釣圖次周桐村韻

魚無魚有皆為樂不在任公十二鈎鸂鶒自沉波瀲亂蜻蜓欲立釣絲柔

題顏孝廉公懋扇

齋女門頭顏孝子屋頭樹々着啼烏屋中人好烏亦好人有好兒烏好鵗

拾金鑾酌 鑾出𧷤陸氏

東老床頭酒正香山尊盛碧待君嘗還須爲我一停棹莫憶他鄉是故鄉

同心堂

一食同餐一被眠弟兄誰似陸家賢世間多少忘情者不訟黄金即訟田

戲馬千里

春水飛花自到門琵琶聲細月黄昏試看司馬青衫上濕盡如今是酒痕

葛嶺賈似道故居

不勸君王復兩河亂離時節自笙歌弹丸宦是臨安地廣買公田也不多

其二

閒堂寶閣畫圖中天乞湖山養相公正是襄樊多事日却將征戰寄秋蛩

其三

客路蕭蕭疋馬遲洛陽橋畔正堪悲故人莫道無
相見恰在南來北去時

其四

相府豪華無盡時誰知榮辱自相隨開元寺裏多
秋暑淚落西湖舊竹枝

韜光庵

藤花委逕風能掃石子布堦雲自生白髮老僧來
送客開門隨口問鄉名

其二

峯巒函寮松杉暗臺殿高低紫翠迷遊展到門清
梵歌杉鷄飛上樹頭啼

送人之京

二月閶門楊柳黄酒波山色照斜陽别時先話歸
來日莫待梧桐葉上霜

爲陸古狂題畫

三月江南花滿枝東風涼是惓遊時陸郎自愛春
山好醉裏題詩謝子規

越峰雲爲吴歌者賦

長安道上晴依〻柳平樂樓頭濕傍花一片迷蒐無
約東又遮明月過西家

其二

英〻白地忽相逢白地相逢意萬重十二碧峰無
不好爲誰愁遍淡爲誰濃

寄吴狀元原博原博稱有欲鬚之文

文章不是欲鬚時轉見鬚長文更奇省殿兩元皆
自取豈憑春夢替劉瀧

觀辛卯浙江鄉試録寄沈明德

滿院桃花九十株爛然春色照西湖沈郎不解修花譜徹底從頭一字無

送祥公歸靈隱時劉完庵作古感慨有作

飛花送酒春三月芳草留人雨一川蠟燭未銷香炷在舊遊如夢話前年

其二

前年記宿老僧房清夢時時遠上方龍洞桃花萬松里再遊惟恨少留郎

題桂東原試竹

三年鳳鳥不能鳴一日能鳴便可驚昨夜碧簾明月下有人傾耳在秋聲

偶書

老身默々沉浮裏薄閒悠々可否閒我也不知如許事閒梳白髮對青山

其二

情緣百感晚来生寂々空庭默々行如此浮雲如此月照人何苦不分明

望陵圖

聰遠君臣此共登危闌高起碧雲層魏徵未必能
昏驕別自分明在獻陵

贈老人

淚滿雙顋雪滿顛一身憔悴自應憐座中誰似楊
開府莫易逢人話少年

劉德儀索詩畫送錢進士世恒

劉郎送客江頭別客子揚々謁　帝居滿眼青雲
類可羨歸來連夜教兒書

端陽日與吳惟允杜子問雨中讌飲二首

門外有人來看竹亭中今日正觴蒲端陽雖作重
陽雨好客能來非索租

其二

半夜清談破風雨一燈疎影照溪山他時看畫知
何地且寄相思水墨間

爲吳惟允題舊畫山水

寫圖又是十年時今日相看鬓有絲雲石風泉皆
可醜徐凝瀑愧重題詩

送謝朝用尹安仁

黄梅時節雨泂泂謝令行舟江水深此去饒州還半月野人先已候鳴琴

題鶯

賣詩買酒醉春城破盡青衫白髮生四海固無知我者錯教啼殺樹頭鶯

送張禮部企翱還朝

狒水朱旗映畫窓官船催發鼓鼙鼙長途筆硯無封事對寫青山過大江

與如僧官話舊

記得松陵覓遠公隅溪鐘磬水雲空廿年重話今
宵雨白髮相看似夢中

赤壁

阿瞞囬首戰舩空但見周郎一炬紅千載遺民江
上住至今猶自說東風

用張外史韻題明公山水

看雲側逕青蘿扶趺隱方床白氎袍不嘗果園山
鳥食小童隨地拾殘桃

詠老少年草

朱草能生太平世彤霞凝菓照湥秋山人相見偏慚愧老倒西風却白頭

題畫送丘羨休致二首

浮雲滿目使君行山水無輝日未晴明日相思何處是甘棠樹下獨聞鶯

其二

江天正有漫〻雪行客應無緩〻期越水吴山一千里輕舟歸去似來時

補題稲公送酒賞菊圖

先公把酒看黄菊十客于今少六人無限傷心舊遊地一籬秋雨對沾巾

戲方道士中酒

十日酣歌酒不醒扶頭猶盡玉傁缾月明昨夜華蓬觀又爲吹簫憶慢亭

畫楊梅答韓克贍

西山有雨楊梅熟東老無詩口舌乾珍重故人知此意高林檎寄紫璵九

題朱淑真畫竹

繡閣新篇寫斷腸更分殘墨寫瀟湘垂枝亞葉濤
風少錯向東門認綠楊

玉廷規見訪

江春波綠薺芽生孤棹東來見遠情細話舊遊如
夢事一燈風雨五茸城

題列仙傳

空爲神仙録姓名數行殘墨寄長生青天不是劉
安宅鷄犬于今地上行

和陸大參孟昭休致詩韻二首

烏紗欹側鬢垂肩舊是薇垣一懶仙三徑竹陰芳
草歇也堪行樂也堪眠

其二

洒叉吟朋鎮日來水邊花草夕陽臺題詩遍在芭
蕉葉不是封章信展開

鷄聲

咿咿喔喔苦相催枕上聞時客夢回無限人間憂
與患為渠傳送上心來

聞歌憶王畏齋

風流文采今誰似到處春遊有所思千樹盡楊一
黄鳥清歌疑在習家池

次張汝弼與友人夜話詩韵

南安太守有清詩文物風流似晉時空向人家看
醉墨幾篇風雨濕烏絲

蒦石圖送頤一松

鶴程輕美六三千歸去玄都只瞥然洞口碧蕉秋
葉大新詞閒錄小滄仙

人以墨菊見遺復畫菊答之戲作一首

昨日得君霜下傑報君還仗傅延年黃金未許通
來往聊應山翁買墨錢

題畫贈陳育庵

四月高齋疎雨餘詩翁聊伴竺鄉居拼簾燕子捎
花過幾片飛紅點舊書

徐美中後滿還吳江

府裡送歸文學掾家中迎看孝廉船六年不食吳
江米秋穀垂花今滿田

題郭忠恕畫李西臺嘗錄其汗簡集以獻皆

科斗文字

蒼壁長松有仙骨斯人好在白雲鄉西臺汗簡令零落科斗春深水滿塘

題蕙花芙蓉寄徐德美

烏紗白髮知新寵春草秋花達遠塵想滑江南十年別相看便是故鄉人

水仙花

何事花名借水仙問花端的了無言凭闌但覺微香過風滿春波月滿軒

蕉

風裡高標何直立雨中大葉不低垂山中草木無
知已客扎織心欲寄誰

送陸允暉

陸郎幾宿春山去山鳥山花盡有情白李紅桃塞
行路黃鸝留客兩三聲

嘗畫散木圖贈客以叙十年之別又七年客
後持至索題其帋已弊

十年別意初成畫散木蕭條又七年人已何堪紙

還斃鷺毛垂雪照晴川

夏太常兩竹

崑山雙竹森雙玉移種朱家樂圃坊〻裏有人還似玉讀書聲共雨浪〻

水鄉孥子十首 有序

水鄉孥子十章言鄙而淺其意則深矣吾鄉以水爲害者接歲饑民多委溝壑吞亦轉徙牧民者不之加恤而以户傭井税槩於高腴之鄉故其害益甚爲孥子者固無

苦為父母者固有愛今者反是因舉孥子所歷言之則孥子之父之母不言而可知已亦猶謳麟趾以識文王子孫之善也

水鄉孥子雖存活半去神堂學打吹吹笛會時還打鼓學如不會趁捷旗

其二

水鄉孥子求魚活辛苦求來賣又强今歲水多魚却少空籃帰去雨床床

其三

水鄉孥子無衣着手脚皮皴要忍寒見欠户儺三十貫阿爹領去賣還官

其四

水鄉孥子田無麥趁伴高鄉撿穗頭爛是麪條乾是餅看他人喫口涎流

其五

水鄉孥子無牛放賣不勝錢未有年家裏鬪嗔閒索飯嫂來聒駡阿哥拳

其六

水鄉孥子能牽苦短小伶仃氣力無五畝白田春
漲裏踏車不轉打嚨胡

其七

水鄉孥子打教搥手扳茅針强塞饑不見阿娘教
喫飯竈中無火已三時

其八

水鄉孥子瘦堅〻揑使能行便領錢餓飽趂人顛
倒卧也無娘惜與爹憐

其九

水鄉孥子團泥佛俗説團泥雨即來怕見田塍粮不准阿公嗔打毀裒之

其十

水鄉孥孚寢堪嗟自小離鄉不戀家終日趁娘求活去傍八月戶唱蚕花

題畫與古中靜別

寫畫題詩送子行尚因些紙寄餘情雲山儘有留人意萬疊千層路不平

答顧澄之

野人笠子日卓午吉利橋頭傾下車別後相思正
無郵開門忽接寄來書

雙松寄林郡博

我從雲表聽雙樹雨蓋千年翠不乾豈是人間閒
草木七閩山水映高寒

送陳考功朝用告省還京

祖席匝開何孝德晉陵車馬定傾城扁舟載取中
秋月要使人知客況清

題蕉送趙文瑞

我家芭蕉三百本雨裡小樓殊不眠君來況是羈鄉耳一夜故山心悃然

題畫與陳秋堂別

宦牒悠悠西渡東十年一見欲成翁夕陽又作松溪別無限相思再揖中

李武溪徙毘陵寄秦太守

君舟西適我舟東白髮偷偷受北風淌眼惠山青不到五絃聊渡寄冥鴻

其二

久說毘陵同一舟佳期今已付悠悠未應寂寞荼邊話第二泉頭有少游

惠山謁文襄公祠

工部昔年遺惠在祠堂仍在惠泉頭吳民今日無襦袴每過門前即淚流

過聽松僧房

石子墻根細路平未敲門戶有僧迎松風寂不私人聽行過西家共此聲

華孝子祠下一首

孝子祠前春日低西詹素辟我留題入雲古樹無
人伐千箇乳鶯来上啼

讀書臺

山麓碧岩臺唐相築相公已去老僧居藤蘿石上紛
紛月仙梵聲清誤讀書

和周桐村樵興韻一首

欺人白髮来不去惜我青春去不来〻惜去欺如
兩淂武皇猶在柏梁臺

和周桐村虎丘四絶

登々石路高緣塔橋刺藤稍𢢢客衣要咏白雲千頃外澄江不數謝玄暉

其二

劍池百丈勞誰鑿陵墓況々向此藏千載自踹誰不識遊人箇々說吴王

其三

龍山何事獨宜秋可愛雲巖日々遊士女出城多似雨何須太守作遨頭

其四

憑君莫問真娘墓春草萋々不可尋只有落花如
笑靨年々恨與綠波沉

墨興齋即景二首

山花自開我自閒雨紅烟碧春不慳爲渠小筆補
撩亂蛺蝶飛来忘却還

其二

蛺蝶飛来忘却還隨他春鬧我常閒兩杯閒酒恰
微醉細雨濕花雲過山

病中寄謝揮使

秋風八月稻生房，秋雨淋浪水滿鄉。老病未能酹
再拜，卧聽簫鼓下西塘。

寄張用光時通判河間

別來嵗憶張京兆，梧竹清華照素秋。本是 玉皇
香案吏，暫教分牧小瀛洲。

題錢方伯景寅扇

富貴于今帰故鄉，紫髯還似釣絲長。研魚小綬黃
金帶，自信松江勝武昌。

題畫寄吳汝輝

深溪不斷樹交花草淨漚明處處沙七尺瘦籐扶
一老緩隨流水問山家

暮春送客

舊迹新痕酒滿衣東風紫楝又花飛金閶亭上偏
無賴春與行人併日歸

題周醉翁扇

老子心情似小兒水邊猶解作春嬉東風恐尒
聊賴故遣飛花惹鬢絲

醉茗圖

酒邊風月與茶同陽羨春雷醉耳聾七椀便堪酧酩酊任渠高枕夢周公

喜頤安道致政歸

九天風露拂星簪鸞鶴羣中羨曉叅何事却思烟火食一杯蓴菜落江南

陪程諭德先生遊靈隱精舍

停舟水驛阻秋程野寺閑行偶入城草木亦知詞客到故留霜葉待題名

雨止燈下觀陸允暉畫

宿酒初醒喚茗杯照泥星出夜雲開踈林亂石秋槃下濕翠沉沉怕雨來

學畫竹

細葉夭枝隨分掃叵叵兎鶻不須論湖州萬尺鵞溪絹借我聊爲犢鼻褌

十五日寫雪景

老夫正忍袁安凍記事猶須作雪圖江左流亡今滿眼破寒新酒不成沽

登東臯以舒嘯

紫髯撚處天風動清籟鳴鳥草木驚一箇東皋千載後不應今日有餘聲

臨清流而賦詩

乾坤浩蕩誰非客天地中間我有詩榮木停雲都賦了清波淩亂見長鬚

廿四夜書事

催租鞭扑命何堪百落千村盡賣男廿四夜來時節在悄無星火卜田蠶

牡丹

其二

酒醒懷人覺夜寒別應容易見應難杏枝新月相聊賴来照微吟遠石闌

其三

昨夜咲歌今夜静照泥星出春波映江湖满地百年人杯酒相逢豈無更

其四

酒闌總火西軒瞑水墨依微貌林嶺憑君捲去夜燕圖未知報筆何時秉

其五

風流工部濟於玉一段才情世應獨憶將長話送長更栖燕入簾妨蠟燭

其六

憶君過我漢之陽春酒朋尊為我將天亦於人留好客斜風細雨故交相

其七

[illegible]々離情一械內話柄猶堪供後會白綃斜封須手開擬與盧仝面相對

其八

蕉葉題名空醉書相逢相別不徐〻人生離合尋常有只恐鏡顏無故如

其九

呼兒重剖床頭甕臨路三杯爲右送水過明月我重來殘酒新愁揔如夢

其十

花柳沉〻氣如醉節物雖春非樂歲憂時惜別揔驚心燈影臨牀不成寐

濯足

滄浪未容紅塵足日日於人好量閑故設太湖三
萬頃行人自是不能來

麥舟圖

范相義心吾得盡深長於水重於山三喪不舉尋
常事一箇麥舟千載閒

桃源圖

啼饑兒女正連村況有催租吏打門一夜老夫眠
不得起來尋紙畫桃源

題畫贈劉方伯

有人來說西湖事，老對重開萬頃無。我把使君胸量比，未應中止一西湖。

答孫希說詩畫

故鄉欲見不一偶，上國寄書勞所思。千里兩情今從眼，碧山紅葉照新詩。

吳嗣宗讀書圖

我愛君家醫俗亭，籍叔讀書傻眼青。阿咸亦復有舊習，夜半燒藜照六經。

自遣

百事無成一老身秋風蕪市裹寒鶉書生未必能窮相蕭颯還留兩鬢銀

除夕

擾擾一年今夕了明年今夕却如何勞生㐫與頭相感白髮平看九分多

韓克敬移家汝穎

未盡梅花欲杏花故園别酒話天涯從來只是江南樂又見人移汝潁家

題孟縯衣冊僊畫

江上東風花欲飛雨晴波煖綠初肥溪莊野店騰騰醉淺碧深村得得歸

其二

孤舟兀兀擁寒姿樸面西風換酒時萬水千山三尺雪一竿點柳州詩

其三

嫋嫋風巾白髮疎山人身世似皇初石根樹底兀殘夢落葉風絲點着書

其四

先路未須陟白鶴扶衰還要紫藤條松陰水影溪如鏡照箇詩翁過野橋

題先人畫萱

先人手寫宜兒草綠葉黃葩畫可憐我莫宜男真不肖傷心春澣浩無邊

先人畫菊

黃花的是先人筆淡墨生香風露時一綫千金屬隣舍憑君保取不凡枝

閑山中伐梅樹

擾擾西湖使者來君王有意訪鹽梅酸兒怕遺無

奚手砍與山僧作爨材

偶書

春來吟事苦匆匆短鬢搔多翅作翁才見花飛又

花發一場消失付東風

新鶯

細雨織寒不放晴金衣踈竹度流鶯津衝緑樹春

如海瞥見節檐却眼生

暮春

沒計留春〻要歸風催雨迫牡丹稀一場春夢明朝是愁殺楊花撩亂飛

即事

才囘尚食尚衣迎鳥使花綱接隊行說與太平粧氣象引看兒女遍春城

惜春

斷送春都是綠陰留春無術鑄黃金不堪杜宇聲中血滴入江湖萬里心

聞鶯

愛渠簧舌美春風又喜金衣萬綠中毋路去來須料理莫因聲色受人籠

題趙松雪畫馬

隅目晶熒耳竹披江南流落乘黃姿千金千里無人識笑看胡兒買去騎

題畫

青竹長竿白石磯江風吹雪鬢毛稀秋來尚怪鱸魚瘦着比吳民太較肥

題畫

茆山看過又天平箇〻芙蓉挿眼青雨骨雲臕無不好爲誰寫盡淂真成

題畫

消暑桐陰宜野服倚雲山脚洗清泉一雙白鶴可爲驥直錯上天還下夫

題畫

草房仍著薜蘿遮池拘林深獨一家只道春風吹不到門前依舊有梅花

題僧畫

覓取城中僻地居碧雲迢遞隱鍾魚不知秋柿千株葉供得山僧幾日書

題竹謝醫

芙蓉仙子足金丹換得瀟湘玉一竿滿地綠陰車馬迹有人日日問平安

題畫與繼南

柳條低亞未容爭燕子亂飛花事忙芳草日長春似畫有人將夢落池塘

倣倪雲林小景

埍淂倪迂水墨圖還如學士畫葫蘆便從尺綫論千里謾把閑心付五湖

折花仕女

去年人别花正開今日花開人未回點恨紅愁千萬種春風吹入手中來

題劉完庵山水

青李來禽寫未開又將寫法寫溪山踈雲古木蒼蒼筆猶出龍跳虎卧閒

題畫

浦樹冥冥綠未齊，雨晴泥滑鷓鴣啼。相思不見江南客，一曲竹枝春日西。

春草圖

碧葉瑤臙鬪作蕤，水邊林下自春風。靈芳不是尋常物，知落誰家藥籠中。

題畫

宦海如今路不遙，大家騎馬踏霜朝。水南水北無人住，古木寒泉對寂寥。

題畫

看雲亦道青山動誰道雲忙山自閒堪笑山人閒不了便朝洗研寫雲山

題蕉

慣見閒亭碧玉叢春風吹過即秋風老夫都把榮枯事却寄蕭蕭數葉中

題蕉

老去山農白髮饒深簾晴日坐無聊榮枯過眼無根柢戲寫庭前一樹蕉

題蕉

風裡高標何直立雨中大葉不低垂山中草木無知己密扎纖心欲寄誰

畫梅蘭有序

凡梅蘭于畫家爲之自有法行幹着花葉不可以無傳而自得也今爭戲潑此紙紛亂㘭㷍頽得草木蓑蔚之真其間自有逸氣使專擅之人觀之必以乳壯求其驪黄也知逸氣者必曰刻鵠不害其爲鶩矣一

跋

梅蘭本是他家物小筆今朝爲我春魚目斌玞聊自喜原非琢玉美珠人

題畫

日落江明樹影稀秋高露氣易沾衣只今四海民皆瘠不及鱸魚箇箇肥

題畫

雷雨飛蚊草氣腥流淙百道樹冥冥春山渺渺春雲在何處令人覔暢亭

題畫

略約通溪細路縈紅酣野樹覺霜清誰家亭子山
光裏欲借蘇公擇勝名

題畫

百疊春山百疊溪人家分住水東西賣魚鼓響日
未落一對野禽穿竹啼

赤壁圖

莫從兵火説東風杯酒江山別長公兩度醉遊千
載盡吹簫人在月明中

題畫

信脚清溪細路斜角巾稍落紫藤花尋常記得相過處口未應門先喚茶

獨釣圖

楓林霜重葉痕丹瀨響溅溅石齒寒一掣六鰲無好手江湖今日賤漁竿

春景

氣煖山晴雲亂生艷花樺葉鬬春明田翁偶語還相笑野雉驚飛入竹鳴

題畫

風和楊柳初偷眼雨怯桃花未放心且載一壺江上酌綠波春酒共沉〻

雪景

老夫寓雪溪樓上白玉江山照眼明六月塵中寒氣栗旁人都道葛衣輕

雪景

碍簷玉樹排雲立接屋瑤峯拔地生忍凍從來有詩骨開門一笑萬山明

題畫

霜葉流紅磵道分亿年白石亂成羣金膏水碧無
人採埋沒青山在白雲

題畫

秋林黃葉獨行人短髮蕭搔兩鬢銀老到江南窮
不死也勝騎馬蹭京塵

題畫

夜来初見照泥星早覺苔蹤浮浮青白李紅桃揔
無賴飛花流到水心亭

題畫

秋葉霜明照水殷夕陽影裡一舟還傷舟鷗鳥閒應劇還道數鷗人更閒

題畫

重林積巘雪初收石瀨潺潺帶玉流儘好山陰可乘興王猷過去别無舟

題畫

重林高下樹青紅粧點人家似畫中秋色滿村藏不住隔溪分出一株楓

題畫

上巳春光屬好春白雲流水淨無塵杖藜何事尋
忙去詩在青山却待人

題畫

寂愛溪山好亭子松聲花氣入和風閑行直是供
微吟春滿先生杖屨中

題畫

林壑宜人坐不還微風入樹葉聲閑攤書正有巖
花落簌〻留紅句讀間

題畫

渚宮迢遞見樓臺，楚鴈吳舟萬里來。山水無情看憎愛，一程相合一程開。

題畫

題詩寫畫非塵事，亦恠閒緣累老身。滿地江湖分醉墨，未應泉石但新鄰。

題畫

草堂風物似成都，山氣入簾門對湖。屋下丈人多孝義，屋頭高樹看慈烏。

題畫

十年不到石頭城楊子鍾山只憑横安得重尋伯休宅對床風雨話長檠

題畫

沓沓花信是狂風到處園林掃欲空正賴東君作姑息薄留紅艷伴衰翁

題畫

杖藜不到水過亭隔是殘春草亂青要緊閉門風雨横但教泥醉莫教醒

題畫

綠陰如水逼人清隔葉黄鸝坐久鳴一箇樹根非八座白頭箕踞有誰爭

題畫

落日江光淡不流平頭舫子貼天遊甖尊酒盡三百斛大醉來題黄鶴樓

題畫

我本前身鶴上仙人間罸住一千年玉笙塵夢頭如雪待浮醒來海又田

題畫

高霞散雨潑秋晴放目放懷臺上行一隊白鷗閒不過也隨人去作逢迎

題畫

丘亭不復留門户許到人間可到人明月清風是家事高林絶辟與比隣

題畫

蕭蕭蔎薄帶溪南水墨微踪雨半含不見三年樹如此畫人殊覺老何堪

題畫

詩思凝懷未易裁平臺一半夕陽開桃花小閣松
枝發碧嶂中分綠水來

題畫

滴暑滋林風日好两翁談屑落高閑白雲故故沒
行徑要絕世人來此山

題畫

山徑蕭蕭落木疏小橋流水限林廬秋風黄葉無
人迹雞犬不聞惟讀書

題畫

雲裏一樓高萬竹樓中人與竹俱清默然天地凭
闌處人不能言假鶴鳴

題畫

江草青々江柳新一使飛燕雨如塵輕舟短棹少
閒客翠幙紅樓多醉人

題畫

長松落々不受暑髯影釣絲俱渺然碧江千里未
入眼飛過一鷗方可憐

題畫

輕鞋短杖領雲霞十里陽厓一徑斜輸與詩人據行樂長松行下看梅花

題梧竹

畫了梧枝又竹枝緑陰如水墨淋漓信人捲去糊窗壁雨〻風〻總不知

題牡丹

名牌新樣鼠牙刋露重烟深正好看却恠錦雲低亞樹帶風扶上玉闌干

仕女圖

魫薄窻虛日映樓杏花風蕩玉簾鈎手攀粧盒偷微笑紅脚蛛絲在上頭

五柳圖

漫賦一篇歸去來先生殊覺好懷開要知隱德未在柳任爾人家門户栽

石田先生集終

ISBN 978-7-5010-6429-8

9 787501 064298 >

定價：285.00圓（全二册）